津村記久子

ポトスライムの舟

目次

装画　のりたけ
装幀　名久井直子

ポトスライムの舟

ポトスライムの舟

ポトスライムの舟

三時の休憩時間の終わりが間もないことを告げる予鈴が鳴ったが、長瀬由紀子はパイプ椅子の背もたれに手を掛け、背後の掲示板を見上げたままだった。いつのまにか、A3サイズのポスターが二枚並んで貼られていたのだった。共用のテーブルの上に飾ってある、百均のコップに差した観葉植物のポトスライムの水を替えた後、そのことに気がついた。二枚のポスターは、どんな几帳面な人が貼ったのか、角と角とがぴったりくっついていて、掲示板の枠に対してはあくまで平行を保っている。さるNGOが主催する世界一周のクルージングと、軽うつ病患者の相互扶助を呼びかけるポスターだった。右のポスターには『世界を見よう、世界と話そう、語り合おう』、左側のものには『心の風邪に手をつなごう、みんなでつらさと向き合おう』とそれぞれにコピーがつけられている。反射的に、左のポスターからは目を逸《そ》らした。前の会社を辞めた直後はともかく、それからもう数年が経っているのに、そういうものにお世話になっている場合ではないのだ。であるからして、ナガセが見上げているのは、主にクルージングのポスターの方で、ひととおり内容を読み、写真を、特にカヌーに乗った現地の少年の写真を眺めたあとは、でかでかと書かれたその代金に視線を固定していた。

一六三万円。

「どないしたん、予鈴鳴ったで、行かんと」

さっきまで携帯電話で小四の次男に炊飯器のセットの指示を出していた、ラインリーダーの岡田さんの声が聞こえて、肉厚な手に後ろから肩を叩かれる。ナガセは、ああ、いや、まあ、などとあいまいに調子を合わせながら立ち上がり、テーブルの上に置いていた白い衛生帽をかぶった。トイレ行く？　と訊かれたが、休憩に入ってすぐ行ったんでいいです、と答えた。

帽子の中に前髪をしまいながら、緑色の床の広い廊下にぞろぞろと連なって、ラインのある部屋へと向かう同僚たちの最後尾につく。

「あれ、誰が貼ったんですか？　掲示板とこにあったポスター」

「あれは課長が奥さんに頼まれてやって。昼休みの終わりに貼ってはったよ」

「奥さんは誰に頼まれたんですか」

「なんでそんなこと気になるのんな」

岡田さんは、服などに付着した埃を吹き飛ばすための小部屋、通称クリーンルームから漏れてくる風に目を細めながら、ナガセに向き直る。いやまあどうでもいいんですけど、とナガセは背伸びして、一度に二人しか入れないクリーンルームまであと何人かを確認する。

「世界一周の方ね、けっこうよさそうでしたよ。西回り航路で、最初に台湾行って、シンガポール行って、インドのどっか行って、その後はよう覚えてないけど、マダガスカル島とかにも行くんかなあ。後パタゴニア行って、イースター島寄って、パプアニューギニアに行くみたいです」クリーンルームでは、唾液などが飛んではいけないという理由で私語禁止なので、ナガセは早口で自分が得た情報について話す。「パプアニューギニアではね、アウトリガーカヌーに乗れるらしいです、あの写真ではシングルアウトリガーカヌーやったかな」

「なんやのよそれ？」

「南太平洋でよく乗られてたカヌーです。大学のときの選択講義の世界地誌学で、そのへんのことをちょっとやったんですよ。カヌーの船体から水面と平行に棒が突き出してて、その先に浮き木がついてるんですが、それが片側か両側かでシングルとダブルを区別します」

「ナガセさんはなんでもよう知ってるなあ」

こんなつまらないことにも感心してくれる岡田さんはいい人だとナガセは思う。

「シングルとダブルではシングルの方が安定してるっていうのが、個人的には衝撃でね」

波に逆らうんではなく、波に乗る力に長《た》けてて、ひっくり返りにくいらしいんですよ、などと言っているうちに、岡田さんとナガセがクリーンルームに入る番になった。ほとんど毎日岡田さんとクリーンルームに入ってぐるぐる回ったりしているので、妙なトピックで会話が断ち切られることには慣れてしまっていた。クリーンルームを出ると、すぐにマスクをするので、そこからはもうほとんど誰も話さなくなる。どのみち三時の休憩の後は、二時間弱もすればラインから解放されるので、無理に話すこともないのだ。

部屋の四方からごうごうと吹き付けてくる風の中で、ゆるゆると回って埃を落としたのち、岡田さんについてクリーンルームから出る。習い性で、無意識のうちに腕まくりをしながら洗い場に並ぶ。生白い左腕の内側を眺めながら、ナガセは先週自分に必要だと思えてならなかった、その腕に刺青《いれずみ》を入れることについて考える。どうしてあんなに刺青を入れたかったのだろうと。

　手を洗う番はすぐに回ってくる。洗剤で腕を擦りながら、だんだんそこに自分が入れようとした文字が見えてくるような気がしてくる。『今がいちばんの働き盛り』と。よく考えたら、文面の今は二十九歳になったばかりの今であるのに対して、刺青はずっとあるものだから、どうしたって矛盾しているのだが、先週はとにかく、いつでも自分自身に見えるところにそう彫らなければ、とずっと考えていた。一文字いくらなのだろう。いちばん、は、一番、にしたほうが安くあがるだろうか。でも自分としてはひらがなのほうがしっくりくるのだが。字体はゴシックがいい。

　月曜日に思い付いて、ラインについている時間中はもちろん、工場が終わってから友人のヨシカが経営しているカフェで給仕のパートをしている時も、そこから自転車で帰っている時も、家でデータ入力の内職をしている時も、ずっとそのことを考えていた。いやでもさすがにそれは無駄な出費なんじゃないか、と金曜の午前のラインで考え直したが、昼休みに在庫チェックの用事でパソコンをさわった時に、マンチェスター・ユナイテッドのウェイン・ルーニーがステレオフォニックスのアルバムの名前を腕に彫っていると知って、やはり自分もやるべきだと思い、いつものようにデータ入力の仕事を零時までに済ませた後に一文字いくらか調べようとしたが、眠ってしまった。起き抜けにすぐ、土曜のパソコン教室に出かけて、お年寄り達にメールのBCCのやり方について教えている時に、やはりこれからの季節、工場での仕事はいいとしても、このパソコン講師の仕事に刺青は不利なのではないか、とふと思い直した。シャツを七分袖から五分袖に衣替えしたばかりだった。

水道のある洗い場から離れて、消毒槽に手を浸けに移動する。一度考え始めると、また腕に文字を彫りたいと思えてくる。そのために、先週は貯金通帳をあらため、捻出できそうな金額を計算した。一文字いくらかはまだ知らないが、仕事をするモチベーションを保つための経費だとすれば、数万までならなんとか出せると思う。

たぶん自分は先週、こみ上げるように働きたくなくなったのだろうと他人事のように思う。工場の給料日があった。弁当を食べながら、いつも通りの薄給の明細を見て、おかしくなってしまったようだ。『時間を金で売っているような気がする』というフレーズを思いついたが最後、体が動かなくなった。働く自分自身にではなく、自分を契約社員として雇っている会社にでもなく、生きていること自体に吐き気がしてくる。時間を売って得た金で、食べ物や電気やガスなどのエネルギーを細々と買い、なんとか生き長らえているという自分の生の頼りなさに。それを続けなければいけないということに。

それを紛らわすための最高の特効薬が『今がいちばんの働き盛り』という考え方だった。三時の休憩の時に、トイレでその言葉を手帳に書くと、胃の中のむかつきがすっとひいていった。この劇薬のような言葉を、是非自分に刻み込みたいと思ったのだ。そうすれば、ルーニーばりにとはいかないだろうが自分はもっと働くことができる。また息をしていることがいやになったら、それを見ればいい。メモなどではなく体に書いてあったら、ますます自分のこととして実感しやすくなるだろう。

そういう経緯があって、自分は腕に刺青を入れたいと思っていたのだと思い出した。どうしてもそうしなければ、というピークは過ぎたが、悪くはない考えだとワイプクロスで腕を拭いながら思う。ただそれは、今どうしても必要だと再び渇望するほどのことでもない、とナガセはクロスをゴミ箱に捨てる。どうしたって、三十前の女がゴシック体で、『今がいちばんの働き盛り』と腕に彫り込んでいるのは変だからだ。そのぐらいの常識はある。もしかしたら、たとえば入社面接などで、それを社長だか人事担当だかに見せると、ものすごくやる気のある人間だ、ということで雇ってもらえるかもしれない。しかし、そんな動機で自分を雇う会社など、社員を雇い殺そうと構えているような会社であるに違いない。そんなところには関わりたくない。考えるだに身震いがする。

今の自分は少しましになっているのだろう、とナガセはラインの下流に置かれたパイプ椅子に座る。息を詰めて、棟全体を見回す。まだラインは動いていない。傍らの事務テーブルに置かれたビニールの使い捨て手袋に指を通す。

薄給とはいえ、ここは人間関係が悪くない。特にラインリーダーの岡田さんはいい人で、工場での初日にガタガタ震えながらラインにやってきたナガセを心配して、何くれとなく面倒を見てくれる。おかげでナガセは、時給八〇〇円のパートから、月給手取り十三万八千円の契約社員に昇格したこれまでの四年間を、なんとか持ちこたえることができた。先月には、ラインの副リーダーに昇格した。他の人も皆そこそこいい人だ。別のラインでは、無視も恫喝もヒエラルキーもあるときく。そんなことを耳にすると、余計に自分が今いる状況が宝石に劣らず貴重なもののようにも思えてくる。

そういう考え方が自分の向上心を削《そ》ぐすべての原因なのだ！　とナガセの一部分が逆上するが、新卒で入った会社を、上司からの凄まじいモラルハラスメントが原因で退社し、その後の一年間を働くことに対する恐怖で棒に振った経験からすると、職場の空気が悪くないということは得がたい美点なのだと言い切らざるをえない。

ナガセは頭を振って、次々と浮かんできては消える思考を振り払おうとする。自分には集中力があり、単調なことを飽きずにこなせる。この仕事には向いている。雑念に苛まれていない限りは。手は動いているけれど、コンベアの縁に映る顔が真っ青ということがある。それはたいてい、突然涌き上がってきた何らかの妄執に頭の中を蹂《じゅう》躙《りん》されている時のことだ。集中力が更なる思考への集中力を生むこともある。おおかた、腕に刺青を入れるという考えはそういう経過で膨らんだものだろう。ラインに着いている時間は、手を動かすかものを考える以外のことはできないので、自動的にえんえんと考えてしまうことになる。目下のところはそれが悩みだ。一人でしりとりをしたり、英語や第二外国語で選択していたスペイン語で数を数えたりすることもあるが、なかなかうまくいかず思考に頭をさらわれてしまうことも多々ある。

自分が人ではなく、ラインだったらよかったのに、と思う。ほとんど青味がかってさえ見える蛍光灯の光が、コンベアを冷たく照らしている。ナガセは、膝の上で手を閉じたり開いたりしながら目を閉じ、深く呼吸する。

休憩終了のベルが鳴り、ラインが動き始める。休憩前よりは軽く感じる手を上げて、流れてきた一本目の乳液のキャップを固く閉めて、表裏上下とひっくり返して確かめ、再びコンベアに戻す。これから約二時間、ナガセはそれだけをする人間になる。

一六三万円は、この工場での年間の手取りとほぼ同額なのだ、と唐突に気が付いた。ボトルにスレのあるものを三個、キャップに小さなカケがあるものを一個、手元のラックの中にはねた直後のことだった。ナガセは一瞬だけ息を飲んだが、手は止まらなかった。腕に字を彫ることについては、その日それからラインに着いている間は一度も考えなかった。

寺社町の火曜の夜のカフェは暇で、ヨシカは明日の早朝に出す分のスコーンを成形して、冷蔵庫にしまった後は、ずっとパソコンに向かって顧客向けのメールマガジンの草稿を書いていた。ナガセも、入口にやってきた客からは見えないソファに座って、ポップアップ絵本の作り方についての英語の本を眺めていた。暇になってきてから、すべてのテーブルに置いてある小瓶に差したポトスライムの水を替え、何をしたらいいかとヨシカに訊くと、何もしなくていい、とまず言われた。何もしないのは苦痛だ、と反駁すると、ヨシカは絵本を寄越してきて、こういうものをだらっと眺めることもあんたには必要なのではないか、と提案されたので、わからないなりに、理解しようともせず、ただ眺めていた。ヨシカはいいかげんポトスに飽きていないだろうかと思う。前に大阪で行ったカフェのテーブルの上には、シュガーバインを水に差したグラスが置かれていて、とてもかわいかった。シュガーバインなら自室にハイドロカルチャーの株があるが、枝を切ってよそに持ち出すとなると、どうしても簡単なポトスになってしまう。

「うん」

「ライチティーが」

「そろそろ古くなってきたから、早く使いきりたいんで淹《い》れようと思うんやけど、あんたいる？」

「うん」

考え事をしつつ、振り返らずにうなずき続けると、リーフをジップロックに分けるから、半分持って帰って、とヨシカは続けて、伸びをしながら立ち上がった。正面を向いている窓に、最近太ってきたヨシカのむき出しの背中が一瞬無防備に映ったので、ナガセはどぎまぎしながら立ち上がって外の様子をうかがったが、このカフェのある場所が雑居ビルの二階ということもあって、誰にも見られなかったようだ。何してんの？　と訊かれたので、いやべつに、と答える。カフェが通りを隔てて面している商店街の端から人が出てくるのも、だいぶまばらになってきていた。この町の夜は決して遅いとは言えない。これから客が来る可能性はあまりないが、もしかしたら、先に閉まった店の店員などが、遅い夕食をとりに来るかもしれないので、とりあえず閉店時間まで店は開けておくのだという。

ヨシカは大学の同級生だった。大学は大阪で、ヨシカは大阪府出身だったが、カフェを開店するにあたって、ナガセの地元である奈良に移り住んできた。ナガセの家に何度か遊びに来て、町がのんびりしているところが気に入ったのだ、とヨシカは言う。大学を卒業してから五年間、総合職として働いたのち、その時に貯めたお金でカフェを開店した。会社で働きながらも、ある程度は考えていた、とヨシカは言うが、ナガセにはほとんど突然の思いつきのように見えた。仕事を辞めた、部屋も引き払った、男とも別れた、と二年前にナガセの家の前に軽自動車で乗りつけたヨシカは、その後数ヵ月ナガセの家に居候し、部屋を見つけ、店舗用の物件を見つけ、ナガセの家から巣立っていった。

築五十年で木造4LDKのナガセの家は、広さだけが取り柄で、あちこち雨漏りしたり、台風の日などは家全体が揺れているような様子になったりもするが、ヨシカ一人の面倒を見るだけのスペースは充分にあった。その時のよしみで、ナガセはここ一年ほど、ヨシカの店でアルバイトをしている。時給は八五〇円で、月〜土曜の午後六時から九時まで働いている。一年前までは、ヨシカ自身がナガセと同じ工場の午前シフトに入っていたが、どうせ家賃を払っているのだし、開店していた方がまだましかもしれない、ということになり、朝から昼はヨシカが一人で切り盛りしている。評判は上々で、最近は若い観光客が参考にするようなタウン誌にも掲載されたりしたので、地元以外からも客がやってくるようになった。寺社町には、土日も平日も関係ない高齢の観光客もよく訪れるので、毎日開店する甲斐がある、とヨシカは言う。

「あたしのと一緒に淹れたから、熱いのやけど」

そう言いながら、ヨシカはナガセ専用のマグを持ってきて前に置き、そのままナガセの隣に座った。二人で並んで、前の建物の二階の美容院を眺める。若い美容師だか見習いだかの女の子が、箒《ほうき》を持ったまま思案顔でうつむいている。ヨシカは週に一回ぐらいそこに配達に行っているそうだが、ナガセはそこで髪の毛を切ってもらったことはない。前の仕事をやめてから数年は、美容院にも行ったことがなかった。今もそうだが、今よりもっとお金がなかったし、誰かと雑談をしなければいけないことに恐怖感があった。髪は家で、自分で切っていた。ああいう美容院で切ってもらったらもう少しましだったのかなあ、とナガセは思う。そうこうしているうちに、前の美容院から出てくる客みたいな髪型では落ち着かなくなる年になるのだろうとも思う。

「あのねえ、またそよ乃からメールが来てて」ヨシカは、縁が欠けた専用のマグをテーブルの上にどんと置いて、両の瞼を拳で押さえながらため息をつく。「今度会うのどうしようって。どうしようって言われても、うち無休やからなあっつっても、一日ぐらいええやんって。ルーブル美術館展あるやんか、あれ、あたしが行きたがってたやんか、って。姑が券くれたから、来てよって。皆で集まろうとか言うねん。あんたも、りつ子も呼んでさ」

ヨシカは、大学時代の友人におけるもう一人の既婚者の名前を出した。

「お姑さん、券何枚くれたんやろ」

「二枚やって、中途半端なっ、あんたもりつ子も来るんやったら四枚いるやんっ。あんたかりつ子が行きたくなかったらどうすんねん、あの子っ、なんでそんな考えなしやねんっ」ヨシカは、頭の後ろで手を組んで、椅子に背中を反らし、天井に向かって嘆いた。「ああもう会いたくない会いたくない会いたくない会いたくない！」

首を振りながら足をばたつかせるヨシカは大人気ないと思う。けれど、ヨシカがそよ乃に会いたくないことには、これまで二人の間で積み上がったそれなりの理由もあった。ヨシカは、大学時代からときどき、そよ乃には他の子よりも気を遣っているかもしれない、と漏らしていた。大学を出てすぐ結婚したそよ乃と、総合職で就職したヨシカは、卒業後の五年間はまったく違う生活を営んでいたが、ヨシカがそよ乃に

「会社を辞めて店をやることにした」と連絡をすると、途端にそよ乃から頻繁にメールや電話が入るようになった。暇だ、とうっかり言ってしまったことが原因なのかもしれない、とヨシカは反省している。ヨシカは、店を始めて最初の頃は、そよ乃の姑や夫についての愚痴や、近所の主婦たちとうまくやっていけないことについての悩みを逐一聞いていたが、自分が忙しくなり始めたことや、そよ乃の話の内容がループしてきていることに気が付き、次第にそよ乃の話を聞くのが苦痛になり始めた。忙しいからまた今度、とヨシカがいなすと、そよ乃は突然、神戸から奈良まで子供を連れて店にやって来て、最初はニコニコしていたが、結局いつもと変わらない愚痴を言って帰っていったのだという。ヨシカが料理やお茶を作っているカウンターの前の待ち合い用のソファに座って、ヨシカの仕事中にもずっと話しかけてきたのだそうだ。

それにあの息子っ、とヨシカはそよ乃の息子の話題になると、必ず憎々しげに顔をしかめる。人が働いてるキッチンに入ってうろちょろするし、冷蔵庫の中のケーキをくれくれ言うし、あかんっつったら睨《にら》むし、しまいにあたしのことをおばさん呼ばわりするし！

ヨシカがそよ乃に対して決定的に決裂している理由は、実は最後のものが一番大きいのではないかとナガセは思うが、微妙な年齢なのはお互い様なので黙っている。そよ乃には七歳になる息子と、五歳の娘がいる。困ったことに、そよ乃とその事実は切っても切り離せないものになっている。子供と親が別であることは重々理解しているつもりだが、そよ乃があまりにも子供と家族と家庭運営についての話をするので、個人のそよ乃としては見られなくなっている。

本人にそのことを打ち明けたら、憤慨するだろうか、とナガセは思う。ナガセは長らく母親と二人暮らしだが、自分と母親が同一視されていたりしたら、違和感を抱くだろうことは明白だ。りつ子にだって夫と幼稚園の年長組の娘がいるし、他にも結婚している友達はいるのに、そよ乃だけが別格に家族の像と重なっている。それも結婚して以降の家族構成と。

「来週以降はうちらのどんな予定にも合わせられるって、展覧会が終わるまでには一回集まらんとねって、ああ、期限切られた」ヨシカは、冷めてき始めたと思しき紅茶をがぶがぶあおる。「欠席していいかなあ?」

悲愴な顔をしてこちらを見てきたヨシカに、その顔まねをしながらナガセは、ほんまにあかんかったらええよ、店あるしあんたは、と答える。ヨシカは、そう言われても少しも嬉しそうでも気楽になったというでもなく、紅茶を飲み干して立ち上がり、カウンターの向こうのキッチンへと入っていった。ナガセも、それ以上はそよ乃が提案する会合については触れず、窓際に近付いて、商店街の出入り口を見張ることにする。よく閉店後にお茶を飲みに来る、商店街の中の中古レコード屋の店員の女の子が疲れた様子でこちらに歩いてくるのが見える。彼女は店にやってくるかもしれない。

ナガセは、次のお客がやってくる前に何かヨシカに言いたかったことがあるような気がして、少し考えながら、ポップアップ絵本の作り方の本を、ディスプレイしてあった小さなスツールの上に戻しにいく。

「工場のロッカールームにさ、世界一周する船のポスターが貼ってあってさ」

「うん。このへんでもよく見るね」

ヨシカは、丹念にカップやグラスを布で拭きながら、ナガセの方は見ずに即答する。

「一六三万やん、あれ。よう考えたらあたしの工場での年収とほとんどおんなじやねん。去年おととしとボーナス出んかったしさ。そしたらほんまに二万六千円とかしか違わんねやんか。帰りのバスで計算したら」

ナガセの言葉に、ヨシカは一瞬だけ顔を上げて、ああー、とぼんやり言った後、食器を拭く作業に戻る。

「あんたの一年は、世界一周とほぼ同じ重さなわけね。なるほど」

二万六千円は、おやつ代とパンツ代やね、とヨシカは一人ごちる。

「それって重いと思う？　軽いと思う？」

「わからんけど、どっちかというと軽くはないかな」ヨシカは、カップに布巾を突っ込んだまま、うーんと天井を見上げた。「二十九歳の今から三十歳のこの日までをそっくり懸けて世界一周か。なんかこう、童話でようある感じでもあるよね。その一年間は加齢を免除されるというかさ。違う世界に行って帰ってきたら、ほとんど時間が経ってませんでした、的な。うまく言えんな。まあ、年齢なんか自己申告でどうとでも言えるし、二十九歳と三十歳の具体的な違いなんてほんとはないしな」

「もしわたしが工場の年収を全部それに突っ込んだとしたら、その一年間はクルージング用の一年間であって、私の一年間ではないと言える、ってこと？」

ナガセが要約して改めて問うと、ヨシカは自信なさげに、ああうん、そんな感じ、と次のカップを手に取った。ナガセは、棒立ちのまま、カウンター越しに働くヨシカの腕のあたりを凝視しながら、ヨシカが示した考えからある種の猶予のようなものがはっきりと浮き上がってくるのをじっと待っていた。

生きるために薄給を稼いで、小銭で生命を維持している。そうでありながら、工場でのすべての時間を、世界一周という行為に換金することもできる。ナガセは首を傾げながら、自分の生活に一石を投じるものが、世界一周であるような気分になってきていた。いけない、と思う。しかし、何がいけないのかもうまく説明できない。たとえ最終的にクルージングに行かないとしても、これからの一年間で一六三万円そっくり貯めることは少しもいけないことではない、という言い訳を思いつく。

今まで、古い家を改修するためという名目で、漫然と貯金してきた。しかしその目的は、稼ぎのわりには途方もないもので、具体的な想像をし辛かった。わたしは家のためだけに生きているわけではない、と思う。

「あんた、そんなことゆうて腕にタトゥー入れたいとかいうのはどないしたん」

顔を上げて、外階段を上がってくる音に耳を傾けながら、ヨシカは食器を置いて、水を入れるためのグラスを手に取る。

「そんなこともゆうてたわな」

ナガセは、本を読んでいたテーブルからトレイを持ってきて、ヨシカが水を入れたグラスを寄越してくることに備えた。階段を上がる音は止まり、先ほど商店街を出てきた中古レコード屋の店員の女の子が、うつむきがちに店のドアを開けた。いらっしゃいませ、とヨシカは透き通った声で彼女を出迎えた。

ヨシカの店からの帰り道に、自転車で走っている間も、ナガセは上の空だった。よもやクルージングに行きたいと本気で願い始めたわけではなかったが、工場での時間がそっくりそのまま世界一周に移行されるということが頭から離れなかった。

自転車のライトが、ひったくり出没注意と書かれた看板を照らす。毎日見ている看板なので、ほとんど注意喚起の役割は果たさず、ナガセはただ、自転車のライトは、前輪が回転する力だけで点灯しているからすごいな、わたしもそのぐらいの燃費になれないもんか、などと考える。

自宅近くの少し広い交差点の信号の青色が点滅して、赤に変わるのが見えたので、ナガセはブレーキレバーを軽く握って減速しようとする。しかし、どうも手ごたえが軽く、レバーは容易に内側へと折れ曲がり、反対に、車輪は一向に減速する気配を見せない。ナガセは恐怖を感じる。

停車して車輪の様子を見ようにも、まだ飛び降りられるほどスピードは下がっていないので、ナガセは体を固くして赤信号を凝視しながら、車が来ないようにとだけ願う。

信号のある交差点にさしかかると、ヘッドライトの光がナガセの体の側面を照らした。ブレーキレバーをまた何度も握るが、やはり車輪は動きを止めない。自動車の運転手は、赤信号に対してナガセが停車するものと思い込んでいるのか、そのまま道路を直進してくる。

いきなり上半身が汗でびしょびしょになる感触を覚えながら、ナガセは左側に急ハンドルを切り、そのまま曲がって進み、歩道側に立っている電柱にぶつかった。ずいぶん前からペダルを漕ぐのはやめていたし、ハンドルを握り締めていたので、大した衝撃ではなかったが、初めて自ら電柱に突っ込んだショックは、小さいものではなかった。

ナガセは、自転車から降りて、しばらくぼうっと歩行者用の信号を眺めた。それが赤から青に変わっても、じっとしていた。その間も、ブレーキレバーを握ったり離したりしていたが、やはり手ごたえはなかった。

なにこれ。なんなんこれ。

妙に息が荒くなっていた。

家まで自転車を押して行き、ガレージで車輪の様子を見ると、ブレーキをかけた時にタイヤの内側に摩擦させることによってその動きを制御する、パッドのような部品がなくなっていることがわかった。おおかた、ヨシカの店にいる間に、誰かがいたずらで盗ったのだろう。

ナガセは、いらいらしているというのでもなく、部品を奪った人間に対して怒っているというのでもなく、落ち着かない心持ちで、次々噴き出してくる額の汗を拭った。

道路に差し掛かった瞬間に、自分を照らしたヘッドライトの光が、まだそこにあるような気がした。その時の恐怖が、再び降りかかるようにナガセの身を覆った。

深く呼吸して、それが過ぎるのをじっと待ち、ナガセはガレージの電灯を見上げた。

「わかった。貯めよう」

口をついて出たのはそんな言葉だった。怖かったー、でもなく、盗った奴死ね、でもないことを自分が言っているのは、そんなに意外なことでもなかった。

車に轢かれかけた時、死ぬかもしれない、と冗談でなく思ったのは事実だった。そのことが何か、ナガセの心中にあるスイッチを押したようだった。

ナガセは、なぜか有り余るようなエネルギーを感じて、自転車の前後のタイヤに空気を入れ始めた。早めに起きて自転車屋に自転車を持っていく算段をし、そういえば自転車屋に修理に預けたら、タイヤに空気ぐらいは入れてくれるだろうと思い出して一瞬落胆したが、それほど落ち込みはしなかった。

ガレージのシャッターを勢い良く閉め、ナガセは母屋へとずんずん向かった。恐怖は薄れつつあった。代わりに、一六三万円という言葉が、ナガセの頭の中に彫り込まれようとしていた。

節約しよう、会社に申請している振込先の口座をいったん空にして、今までの預金は別の口座に移そう。ちょっと一年間だけ、ヨシカの店のバイトとパソコン教室の収入だけで生きてみよう。

次々と計画が頭をもたげてくるのは気持ちが良かった。ひさしぶりに、生きているという気分になった。

*

私鉄で数駅の所に住んでいるというのに、なかなか三宮には出ないというそよ乃は、何冊ものガイドブックを抱えて、他府県に住んでいる他の三人よりも観光客のようだった。ルーブル美術館所蔵のフランス王家の宝物を見に来た人々の行列に並びつつ、そよ乃は一人でガイドブックのページをめくりながら、この店に行ってみたい、ここで何か買いたい、とうきうきしていた。森沢さんが土日はずっとうちにおるから、なかなか遊べんくて、とそよ乃は笑いながら繰り返した。森沢さんというのは、そよ乃の三つ年上の夫で、大学一年の時から付き合っていた相手だった。

残り三人のうちで、主にそよ乃の相手をしていたのはナガセだった。ヨシカはそもそも、そよ乃に会うこと自体に気が進まなかったので、そよ乃が何を言っても、二言か三言しか返さず、ただ引きつった笑いをうかべてうなずいているだけなのはわかるとしても、ずっとうわのそらでいるりつ子の様子が少しおかしいのが気にかかった。

「奈良もいいよねー、奈良。今度また近いうちに行きたいわあ」

「寺しかあらへんしそんなええもんやないよ」

「そうかなあ？　じゃあヨシカがうちに来てよー。森沢さんも子供らも喜ぶと思うわ」

「今日店休んだから、そのぶん当分は無休で店を開けようと思って。だから無理やね」

噛み合わないそよ乃とヨシカの会話を聞いているのかいないのか、りつ子は時折、思い出したように力なく笑うだけで、ほとんど口は開かなかった。

行列から解放され、照明を落とした展示室に入るという段になっても、そよ乃のお喋りは少し声を低めただけで続いた。

「上の子がね、あのお店やってる人名前なんていうのんて訊くから、ヨシカって言うねんでって教えてあげると、奈良に住んでるからかー、とかって納得するんやんか。そんでわたしが、なんでやのんてゆうたら、だって、奈良はシカがいっぱいおるから、ヨシカなんやろ！　って」

「わたしは奈良出身やなくて大阪の門真《かどま》出身やから関係ないでって、子供にゆうといて」

明らかにそっけなく応対するヨシカだったが、そよ乃はまったくめげる様子もなく、そんなん子供に門真とかゆうてもわからんわー、などと話し続ける。

そよ乃やその息子からすると、店をやっているというだけで、ヨシカは絡みやすい存在なのだろう、とナガセは思う。工場勤めで、友達の店でアルバイトをしていて、土曜は商工会館での老人相手のパソコン講師をつとめ、ときどき自宅でデータ入力の仕事もしているような自分と比べると、やっていることが明確である。

展示室に入ると、りつ子は、ほっとしたように展示品とその解説を記したプレートに見入り、ときどきため息をついたりしている。ナガセも、豪華な水差しや嗅ぎ煙草入れや時計やスープ容器を眺めながら、これらのうちの一つでも家にあれば、もっと働く意欲が湧いてくるのだろうかと考える。

こういうものの精細なレプリカでいいから買いたい、これを機に嗅ぎ煙草を始めるのも良いかもしれない、いくらなのだろう、ローンにしないと駄目なぐらいの値段なのか、と真剣に思案し始めたが、ナガセはすぐに思い直して首を振った。自分には世界一周があるのだ、そのために一六三万を貯めなければいけないのに、変な寄り道をしている場合ではないのだ。

どないしたん？　と今日はじめて、りつ子から話しかけてくる。ナガセは、首を竦めて、ああいうの欲しいなあ、と思ったけど、そんなん買える立場なわけないやろぼけ自分、って、と答えた。りつ子は、うちの娘やったら欲しがるかもな、あの年で煙草吸われたら困るけど、とワンピースを着て髪を巻いた中年の夫人の肩越しに、小さな美しい細工物を覗き込んだ。

りつ子は、大学を出て三年ほど、機械部品を扱う小さな企業の経理として勤め、入社二年目に今の夫と結婚した。相手は、ナガセの知らないサークルの方面での男友達だった。四人のうちで、在学中に簿記の資格を取るなど、いちばん就職活動に熱心だったりつ子が、三年もたたないうちに会社を辞めたのは意外だったが、夫からの熱心な要請があってのことだったそうだ。まあ、子供できたしね、とりつ子は言う。娘は来年小学校に上がるそうで、りつ子もときどき、ランドセルの色を何色にしようか迷っている、などとナガセにもわかるような話をしてくることがある。しかしそういうこと以外は、家庭の話はほとんどしない。ナガセもヨシカも、特にりつ子に家がどうなっているのかと質問することはない。

反対に、そよ乃はすすんで家や近所の話をする。はじめからそういう話をするわけではなく、ナガセやヨシカに、そのときどきの状況について尋ねるのだが、結局そよ乃は、姑に観劇に連れていってもらったが気を遣って疲れただとか、模様替えをしたのだがカーテンの色を失敗して憂鬱だ、などという話をしている。

そよ乃は、高校の教員資格を持っていて、大学四年の就職活動の時もほとんど企業はまわらず、公立高校の教師以外は今のところ考えられない、と教員採用試験を受けたものの、不合格になり、そのまま何年でも挑戦する、と卒業後に言っていた矢先に、ずっと付き合っていたゼミの先輩と結婚した。あっという間の転換だった。ヨシカなどは、はなっから結婚するつもりやったから就職活動せんかったんやろ、などと言っているが、本当のところはよくわからない。どのみち、ナガセたちが就職活動をしていた時期は、『氷河期』などとくさされ、ナガセを始めとして、辛い職場の内定を取ってしまうことも多かったから、その判断は賢いといえばそうだったのだろう。子供はすぐに生まれ、家もすぐに買った。夫の実家が裕福だったからできたことなのだろうけれど、すべてがナガセには早業のように思えた。四人の中で、最もおっとりしていて、そのぶん料理や掃除などの家政的なことにも疎かったそよ乃だったが、一夜のうちに脱皮してしまったかのようだった。目下の悩みは、夫の食べ物の好みが幼稚なので、子供の食育に悪いのではないか、ということで、他には、母親同士の付き合いが辛いとこぼしている。だから、大学時代の友達付き合いは大事にしたい、と事あるごとに主張する。

わたしになんでも話してね、とそよ乃は言う。世界一周の費用を貯めることにしたんだ、と言ったらどんな顔をするだろうとナガセは思う。案外大賛成してくれるかもしれない。

とはいえ、そよ乃が早めの夕食をとるのに選んだ山の手にある店がどうも高すぎる、ということは言い出せなかった。世界一周をすると決めたのに、こんなところで一万円弱も落としている場合ではない。ナガセの隣でじっと佇んでいたりつ子は、無言で店の外に掲示されたメニューを眺めながら、少し青ざめているようだった。あたしお金ないからここは無理、と言い切ったのはヨシカだった。

「えー、店長さんやのに？」

「せやからないねんてば」

ついにヨシカが苛立ったように言うと、いや、値段だけあっておいしいとこやってお姑さんが言ってたから……、とそよ乃は弁解し、じゃあ、まあ他のとこ、とガイドブックをめくり始めた。りつ子は、そんなそよ乃に近付いて肩を叩き、あの、あたし帰らなあかんねやんか、とおずおずと言った。

「なんでなん？　まだ早いやん」

「幼稚園の友達のお母さんに、娘を預かってもらってんねやんか。あんまり遅なられへんし、帰るわな。ごめん」

りつ子は何度もそよ乃に頭を下げ、ナガセとヨシカの方にも手を上げてみせた。ヨシカは、それはしゃあないよな、と口を尖らせ、ナガセもうなずくことにした。

「えー、旦那は？　日曜休みやないの？」

そよ乃の言葉に、りつ子の表情は一瞬固まったが、すぐに、そうよ、旦那は日曜休みやないの、とそよ乃の言うそのままを返した。りつ子は、そう言ったのを潮に、妙に落ち着き払って、だからちょっと今日は早く帰らんといかんの、ごめんね、またね、三人で楽しんでね、と続け、会釈しながら、駅のほうへと坂道を降りていった。

ヨシカは、ナガセを見ながら顔をしかめ、どうする、と口元だけで言った。ナガセはなんにというわけではなくうなずきながら、とりあえずまあ、あと二時間ぐらい、と呟いた。

「わたしなんか、りつ子の機嫌を損ねること言ったんかな、どう思う?」

そよ乃は心配そうにナガセとヨシカの顔を交互に見たが、二人は顔を見合わせて、さあ、と言うより他はなかった。

その後、夕食に三宮の駅の近くの洋食屋に入った。ヨシカがしばらくナガセの家に身を寄せていたことをそよ乃はうらやましがり、ナガセが、家のところどころが雨漏りをするのと、地震が怖いから改修をしなければいけないかもしれないのだがお金がない、という話をすると、うちもお金がない、とそよ乃は言った。

「家を買った時に、森沢さんの家族とうちの家族にだいぶ頭金を出してもらったんやけども、子供の教育費を考えたら、ローンを払っていくのも、もうちょっと助けてもらえんかなあって思うようになってきた。やっぱり、塾にも行かせたいし、習い事もさせたいし。幼稚園のママ友達にはさ、子供の学費を全部親に賄ってもらってるっていう人もいてさあ、いいよねえ、うらやましいわ」

ナガセは、ほとんど違う国の人間が話していることのようにそよ乃の話を聞きながら、とりあえずはうなずいていた。ヨシカは口を挟まずに、ビールのおかわりをしていた。

八時前に洋食屋を出て、それじゃあ、と言うと、なんで？ もうちょっといたらいいのに、とそよ乃は言った。奈良まで帰らんといかんから、うちら、とヨシカが言うと、うちに泊まってもいいのに、とそよ乃は重ねた。さすがに明日は仕事やしな、とナガセは笑いながら首を振った。

森沢さんがここまで車で迎えに来てくれるから、わたしの家の最寄り駅まで乗っていってよ、そしたら少しでも奈良方面に近い駅から帰れるし、とそよ乃が言うのを辞して改札をくぐると、そよ乃は、また来てね、今度は絶対うちに来てね、と手を振りながら何度も何度も言った。

特急に乗り込んで隣り合って座ったものの、ナガセとヨシカは無言だった。いつも顔を合わせているから、特に言うことはなくて別にいいのだが、このまま奈良までこんな感じなのか、と思うと手持ち無沙汰だったので、ナガセは今日使ったお金について手帳に書き記し始めた。奈良―難波間の電車賃は往復で一〇八〇円で、難波―梅田間が四六〇円、梅田―三宮間が六二〇円、ということから始まって、思わず買ってしまったミュージアムグッズ一〇五〇円や、神戸市立博物館に行く前に行ったカフェ一三五〇円や夕食に入った洋食屋一一五〇円などの代金を足すと、五七一〇円を使っていた。月給を月の営業日数で割ると六千円強なので、一日弱の労働を今日の会合に費やした計算になる。高いのか安いのかは判断できない。ぜいたくをしたという覚えはなく、むしろ使わないことを意識していたのだが。

「何してんの？」

熱心に携帯電話を電卓モードにして押しているナガセを見かねたのか、ヨシカが手帳を覗き込んでくる。

「いや、いきなり収入のわりに変に使ったな、と思って」

「でも給料日週明けやん、あんたんとこ」

ヨシカは、あくび混じりに言って、安堵したように瞼を閉じた。しばらく神戸には来ないだろうな、とナガセは思った。昼間見たものや、話した内容などについての記憶は急速に薄れていったが、りつ子の様子だけを気にかけながら、ナガセは手帳に記した。

－５７１０

来週からはさらに緊縮を試みること。

それから一ヵ月はとにかくしのいだ。先月分の工場での月給は手付かずのまま、一度空にした口座に入っている。それまでもべつに派手な生活をしていたわけではなかったので、特に苦しいということはなく、出かけるのを極力控えて、自炊している弁当の内容を地味にしたぐらいだった。口にするもの以外はほとんど買わなかった。そのせいで、自分が今まで苦しい苦しいと言いつつも、使うか使わないのか定かでないようなものを日常的に買っていたことがよくわかった。

「何なんナガセさん、そのポスターいっつも見てるけど、行きたいん？」

昼休みの終わりに、自宅から持ってきたお茶を飲みながら、ポスターの側に椅子を向けてぼんやりと見上げていると、岡田さんにそう声をかけられた。行きたいっていうんでもないですけど、と答えながら、もう見飽きたはずのアウトリガーカヌーに乗っているパプアニューギニアの少年の写真から視線を外し、椅子をテーブルの方向に戻す。

「あんまりにもナガセさんポスターばっかり見てるからさ、うつの方かと思ってさ、大丈夫かなって。最初ここ来た時のことを思い出して」

ナガセは、もうあそこまで怯えてはおりませんよ、と笑いながら、水筒の蓋を閉める。それもドイツ製のものだったりして、自分は結構散財をしているじゃないか、と思う。

「ほんまになあ、あたしが世界一周にとんずらしたいよ。もう家の中でいろいろあってうつになりそう」

　岡田さんは、笑いながら二枚のポスターに手を伸ばしてばしんと叩いた。いろいろってなんですか？　とは咄嗟には訊けないまま、休み時間は終わった。夫がいて、息子が二人いる岡田さんだが、そりゃもう難しいこともたくさんあるのだろうと思う。それと比べたら自分がしていることなんて、無駄にお金を使わないことだけなので、辛いなんて言ってては情けない、と自分を叱咤しつつラインに戻った。その日は、ヨシカが店を休む日だったので、そのことで出ない二五五〇円は何をカットして補塡すればいいのだろうということばかり考えていた。仕事が終わり、ロッカールームでお茶を飲みながらも、ずっとお金のことを考えていたので、終業後に三本出る送迎バスが最後の便になってしまった。

　ほとんど人が乗っていないバスに揺られながら、だいたいCD一枚分の値段か、と考えつつ、最近はネットラジオをかけっぱなしにしていて、CDは買っていないことに気がつく。一ヵ月分のプロバイダ料金もそれぐらいだ。ナガセの家のある界隈は、光ファイバーもケーブルテレビも来ていないので、まだ一メガのADSLでインターネットを利用している。いっとき、どうしてこのへんはこんなにまで原始のままなのだと怒ったりもしていたが、家の近くで自分以外で六十歳以下と思われる人を見かけたことがないことに鑑みて、怒る気も失せた。通信会社各社から文化後進地域と見なされている場所から出ていけない自分の甲斐性のなさが悪い、とナガセは諦めている。そのうち携帯電話の電波もあやしくなるかもしれない。

気温が三十三度を超えたその日は、ほどよく冷房のきいたヨシカの店にいられないことが辛く思えた。家のエアコンは十五年物で、冷えすぎるか、ぬるい風を出しているかのどちらかで、温度調節がちゃんとできているのか定かではない。

工場の定時後すぐ家に帰るということがほとんどないので、何をするか考えなければいけないのも憂鬱だった。それも無給で。何もなければ、ぼうっと休んでいればいいじゃないか、といろいろな人に言われるのだが、そういう時間がナガセには苦痛に思える。何かをしていないと落ち着かないし、できればそこから小銭でいいから発生させたい。

土曜のパソコン教室のテキストを作るか、データ入力の内職を先々の分までやってしまうか、と考えながら自転車をこいでいると、家の前に母親と、まだ就学前と思しき小さい女の子がいるのが見えた。二人は脚を開いたり閉じたり、跳んだり中腰になったりして遊んでいるようだった。

おそーい、とナガセの姿をみとめた母親が不平を言うと、女の子は、少し細い目を見開いて、ナガセを見遣った。見覚えのある子供だった。

「恵奈《えな》ちゃんとちゃうの？」

女の子は、生真面目な様子で、がくがくとうなずいた。りつ子の娘の恵奈だった。それがどうしてこんなところにいるのだろう。よもやこの界隈の平均年齢を下げに派遣されてきたわけではないだろう。

「なんでこんなとこにおんの？　なんでうちのおかんとおんの？　りつ子はどこにおんの？　なんでこんなとこにおんの？」

大人気ないほどの質問攻めにすると、恵奈はうーんと首を傾げた。

「りつ子さんは飲み物買いに行ってる。あんたがなかなか帰ってこんからやで。あたしは鍵持って出るのん忘れてさ、あんたが今日ヨシカちゃんとこが休みやって言うから早《は》よ帰ってくるやろし、まあええわって思ってたら遅なってさー」

なー？　と母親がなぜか恵奈に同意を求めて首を傾けると、恵奈は、わかっているのかいないのか、へへ、と肩を上げて笑った。

尚も何か言い募ろうと、母親に向かって口を開きかけていると、すみません、すみません、と言いながら、りつ子がコンビニの袋をぶら下げてやってきた。母親と恵奈は、お茶、お茶、と言いながらりつ子から袋を受け取り、めいめいに好きな銘柄のものを分け始める。

「どないしたん？」

状況に飲み込まれそうになりながら、とにかくそれだけりつ子に問うと、りつ子は顔を上げたまま目を伏せ、ためらうように口を動かし、片目だけを大きく開いて言った。

「家、出てきた」

ヨシカがこっちに来た時、しばらくナガセの家におったたっていうのを思い出して、もしかしたらちょっとはおらせてもらえるかなと思って。りつ子は早口で続けた。

「ごめん本当にごめん、ナガセのとこしか思いつくとこなくて」

隣では、母親が恵奈に、ペットボトルのお茶の飲み口にぶら下がっているおまけのチャームをもらっていた。おばちゃんおとなやのにこんなんほしいの？　と恵奈が言った。母親は、だって集めてるねんもん、と平然として答えていた。

りつ子は福岡出身で、実家はナガセと同じ、母一人子一人の母子家庭だった。実家に帰ろうにも、その交通費自体がない、とりつ子は言った。

結婚する時に、これからいろいろなことに使っていかないといけないし、貯金を合算しようと夫に言われ、気は進まないがそうした。何しろ自分はこれから専業主婦になって所得がなくなるのだし、良い家庭を作るためには、大した額ではないが自分の貯金も役立てるのが筋だと最終的に判断したからだった。そのお金は、マンションを買う時の頭金だということになっていて、家を出てきた今もその考えが抜けないのが悔しい、とりつ子は自嘲して笑った。それはいくらぐらいあるの、と訊くと、二百万、とりつ子はうつむいた。

母親と恵奈は、夕食の買い物に出ていた。カレーにする、と母親は言っていた。今日はとにかく二人を泊める、と母親に申告すると、ほなヨシカちゃんがおった部屋に行ってもらおか、と事も無げに言っていた。

りつ子が専業主婦になる時にひどく迷っていたことをナガセは覚えている。結局、あれだけ迷ったり考え込んだりする時点で、結婚生活を維持するのは無理だったということなのだろうか、と今更ながらに思う。もっと直感的なものなのかもしれない。そよ乃が、ナガセたちに何の相談もなく、次々と物事を選び取っていったように。

「ぜんぜん話をせんのよ」りつ子は、まったく手をつけていない、ペットボトルの中身を移し替えた手元のグラスに視線を落としながら続ける。「ごはんを出しても、気に入らんもんやったら手もつけんと一人分だけ出前取るし、娘の話をしようとしても、リビングでゲームばっかりやってる」

　五十型のプラズマテレビがあったのだそうだ。夫はりつ子には何も言わず、それを購入した。車も、やたら買い替えようとするので注意すると、なんで家にいるだけのおまえにそんなこと言う権利があんの？　と言い切られたのだという。車を好きなわりには、一緒に出歩く時の運転はすべてりつ子がしていた。後部座席で、気まぐれに恵奈の相手をし、少しでも疲れている時だと、りつ子に向かって「黙るように言えよ」と指示した。

　もともと、妻は専業主婦が良いという願望は夫の方にあったはずだ、とナガセは記憶している。何度か会ったことはあるが、よくしゃべりよく笑う人だという印象があった。その時も、家に帰ったら黙り込んでいたのだろうか。子供はすごくかわいいと言っていた。

「なんで子供まで作ったんやろうって。そんなことまで考え始めたんで、もうこれはあかんと思った。そのことを責めるぐらいやったら、とにかく離れたほうがいいって。それで、子供の幼稚園が夏休みに入ったから」

　事前に何の連絡も入れんでごめん、とりつ子はあやまる。ナガセは、家に泊めること自体はどうだっていいのだが、りつ子がそういう事情を抱えてこれから生活していかなければいけないということについて、自分が考えすぎてしまいそうなのに早くも気が滅入っていた。

「あのさ、一回は実家に帰る？　電話で話すだけよりはお母さんと会ったほうがええと思うんやけど、どうする？」

お金、貸すけど、と口走っていた。そんな余裕はまったくないにもかかわらず。世界一周が一歩遠のくのを、醒めた頭で承知しながら、自分はいったい何を言っているのだろうと思った。

りつ子は、長いことうつむき、やがて氷の溶けたグラスのお茶をあおって、鼻をすすり、ごめん、と言った。


その夜、母親とりつ子と恵奈が寝静まった後、ナガセは最寄りのＪＲ奈良駅から博多までの運賃を検索した。新幹線の自由席を正規料金で利用して、片道一四二九〇円というのが、ざっと見たところではいちばん安そうだった。ナガセは、通勤用のカバンから手帳を取り出し、計算機を叩きながらしばらく考え込んだのち、走り書きで書き付けた。

－２８５８０？

（気前が良すぎる？）約三日半分の労働。ずっと寝ていて工場やカフェを休んでいたと考えれば良い。自分をだます。（りつ子なら返してくれる。やっぱり気前が良すぎ？）

りつ子は十日ほど実家に滞在して、また奈良に戻ってきた。正社員で求めている職は、なかなか良いものがないらしく、こちらのほうがましではあるのだという。パートやったらある程度は求人があるのだが、独身ならまだしも、子供がいたらそれでは駄目だし、母親の状況も微妙だから、とりつ子は首を振っていた。状況はナガセと似たようなものだった。りつ子の父は、りつ子が小学生の時に亡くなり、母親は実家に帰っているが、家そのものはすでに古すぎて住めないような状況になっている。りつ子の母親は退職間近で、近々マンションを買おうと考えているらしい。そっちに住まわせてもらうのはでけへんのかな？　とナガセが訊くと、できんことはないけども、1LDKとかややからなあ、三人で住むのはちょっと、と首を傾げていた。恵奈が独立したら、わたしだけそっちのほうに帰ってもいいかもとは思うけど、とりつ子は言うが、それにしたって何年かかるのよって話よな、と付け加えた。

「お母さんに、こっちに出てきてマンション探さん？　とも言いにくいか」

「それはね、それは。まあ、考えてみるよ」

結婚はしていないが、ナガセにとってりつ子の話は他人事ではない。この築五十年の家だっていつ崩れるかわからないのだ。世界一周に出ると決める前からも黙々と貯金に励んでいたのは、家の改修費用としてだった。母親とは、そのことについてたまに話し合うが、せやったらいっそ神戸に住みたいねん、とか、京都もええかな、などとあまり現実的ではない話ばかりをする。

「旦那と話し合いもしんといかんし、まあしばらくはこっちにおることにする。アパート探さんと」

「探すにしても先立つものが……」

「そうか、そうよなあ」

りつ子は、腕を組んで無駄に大きなちゃぶ台の上に顔を伏せる。そんなりつ子を見ていると、りつ子は旦那のことを我慢すべきだったんだろうか、ともナガセは考え込んでしまう。関わりのない人間相手になら言いたい放題ができても、さすがに友達が陥った状況に対して、生活のためには我慢すれば？　とは簡単に言えるものでもない。結婚当初の契約そのものに何か無理があったのではとも思うけれど、結婚しようとしている人が、離婚する時に何をもらうか、分け合うかなどといきなり決められたりもしないだろう。そんなことができている夫婦は、ナガセが知っている限りでは、マイケル・ダグラスとキャサリン・ゼタ＝ジョーンズぐらいだ。そういや予想に反してあそこは続いてるよなあ、とナガセがぼんやり言うと、りつ子は、ははは、と乾いた笑い声を上げた。

そよ乃などが離婚することになったらどうなるのだろう、と、ほとんどありえなさそうなことをナガセは考える。働いたこともないし、実家に帰っても職がありそうにもないし。けれどまったくそんな兆候がないことから、彼女のような人は家庭でもめないようにできているのかもしれない、とも思う。運命というものを、ナガセは信じそうになってしまう。

とにかく、少し落ち着くまではうちの家にいたら、地震とか台風が来たらすぐ潰れるかもしれんけど、というナガセの提案は、ナガセの母親も受け入れるところとなった。それも、ナガセよりはいくぶん乗り気で、恵奈ちゃんの面倒はわたしが見るしさ、いつまでもおりよ、と胸を張った。すみません、ほんとによろしくお願いします、とりつ子は何度も頭を下げていた。

そよ乃がこのことを知ると、ナガセや母親がいない午前から夕方にかけて、電話がよくかかってくることになったという。大変やろうけど、そっちにばっかり友達がおって楽しそう、とそよ乃は言ったらしい。その話をしていた夜に、家に来ていたヨシカは、へっと笑った。りつ子は半分笑いながら、じゃあ来週からそよ乃んちに居候させてもらおうかな、と受話器を置いた後に言った。

夫との話し合いなどについてはほとんど口にしなかったりつ子だが、ときどき夜更けに、庭の片隅で声をひそめている姿を見かけた。暗闇に座り込んだりつ子は、蚊に刺されたところを掻きながら、携帯電話に向かって声を震わせていた。

居場所はもっと落ち着くまでは教えない。わたしが結婚するときに持ってたお金、半分でいいから返して。やり直すなら恵奈がまだ小さい今しかないと思った。

こんなことになると思ってなかった。こっちこそ思ってなかった。

押し殺すような声で、りつ子は言っていた。誰だってそうなのだろう、と二階の窓から庭にいるりつ子を眺めながら、ナガセは思う。べつに覗きをするつもりはなくて、ただ虫除けスプレーを持って行くタイミングを計っているのだが、見当もつかない。

我慢できないことの方が傷付かないのだ、ということはうすうすわかる。あとは運だ。そんな不確かなものの上に、人間の結婚は成り立っているのか、と考えると寒気がする。それと比べれば、自分がお金を貯めて世界一周クルージングをしたいだなんていうのは、信号が青から赤に変わるように確実なことだ。

人と比べて、お金はある程度忠実だ、と思いながら、パソコンの隣に置いたミニロトの用紙を見遣って深いため息をつく。昼休みに、工場の同じラインの人が少し当てたと耳にして、午後のラインで気になって仕方がなくなり、帰りの送迎バスを降りたその足で売り場に向かっていた。くじを買うのは初めてだった。当たっているのかどうかはまだわからないが、今のところは後悔している。りつ子の帰省の代金を立て替えたばかりなのに、自分はいったい何をしているのだ。ラインで一つのことを考え始めると、大したことでなくても頭の中で膨張してしまい、ほとんど呪縛のようになってくるというのは重々承知していたはずなのに。

庭で話しているりつ子は、ブロック塀に頭を凭《もた》せ掛けて、ほとんどぶつけているようにさえ見える。

なんで恵奈を返せとか言えるの。雰囲気だけで子供を欲しがったんじゃないの。あの子の予防接種の費用出す時に、万札を丸めて投げて寄越したのは誰よ。

ナガセは窓を閉めて、パソコンを置いている机のところに戻り、カバンを引き寄せて手帳を出した。

－２０００

ミニロト十口。一口でも当たったら続ける？

「一口でも当たったら続ける？」という文言を線で消そうとしてしばらく迷ったが、そのままにしておいてナガセは手帳を閉じ、虫除けスプレーを持って部屋を出て、庭へと向かった。

秋口には、りつ子はパートに行き始めた。配送倉庫の荷物整理の仕事だった。だいたいは九時から十六時までのシフトで、母親、ナガセ、りつ子、恵奈の四人が同時に家を出ることもあるのは妙な感じだった。ひとまずの仕事が見つかると、りつ子はナガセに電車賃を借りて、住んでいた家に戻り、恵奈の部屋から学習図鑑の十巻セットを持って帰ってきた。夏のあいだじゅう、恵奈は図鑑を見たがっていて、りつ子は毎日のように図書館に連れて行って見せていたのだが、家にあるやつも見たい、と恵奈が言い出したのでそうしたようだった。図鑑のセットは、恵奈の体重と同じぐらい重いと思われたが、りつ子は五冊ずつに分けて麻紐で結び、両手に提げて帰ってきた。他にナガセの高校時代の使い古しのリュックいっぱいにりつ子が持ち帰ったのは、基本的に恵奈の物ばかりで、りつ子自身の物は下着ぐらいだった。りつ子は夏じゅう、ナガセが昔ユニクロで特価で買ってきた三枚の企業コラボレーションTシャツを着回し、ナガセのお下がりのハーフパンツを穿いて、化粧もせずに仕事を探していた。眉を整える時だけ、ナガセの剃刀《かみそり》と鋏《はさみ》を使った。二回目に、住んでいた家に荷物を取りに行くと、鍵が変わっていて入れなかったそうで、あの男！　と「正露丸」と書かれたTシャツを着て前髪をちょんまげにしたりつ子は、怒りを剝き出しにしてちゃぶ台を叩き、そしてあやまった。

　夏が終わっても住んでいた家に戻らないこと、幼稚園を変わることについて、恵奈が何度かりつ子に質問しているところに遭遇したが、りつ子は、奈良公園のシカさんが恵奈ちゃんといっしょにいたいからなんよ、などと言いくるめていた。恵奈は、そうなんかー、と言いつつも腑に落ちない様子でいたが、父親のことは一切口にしないので、両親の不仲に関しては、ある程度想像がついていそうだとナガセは考えていた。じっさい、恵奈とナガセの母親は、母親が仕事から帰ると、ほとんど毎日と言っていいぐらい奈良公園に出かけていた。大仏も見た！　と恵奈が興奮していたこともあった。恵奈は仏像が好きなようで、週末になると、ナガセの母親は恵奈をいろいろな寺に連れて行っていた。すみません、鹿せんべい代も入場料もすみません、とりつ子は盛んにあやまっていたが、母親は鷹揚に、まあそのぐらいは、とりつ子をなだめていた。どのぶつぞうが好き？　と恵奈に訊くと、「東大寺戒壇院の広目天」と母親が即答した。それを聞いたりつ子は、まあ、男前よな、君面食いやな、と恵奈の頭を掻き回していた。ナガセは、「東大寺戒壇院の広目天」の顔をまったく思い出せず、少しだけ疎外感を味わった。奈良公園や東大寺や春日大社のある方向には、もう一年ぐらいは行っていなかった。りつ子がやってきたことによる出費に焦り、パソコン教室の講師の欠員補充に名乗り出て、日曜日も働くことになってしまったので、これからは更にそちらの方向からは遠ざかるように思われた。

自分は話に入れないので、うとうとしながら母親とりつ子と恵奈の会話を聞いていた。以前にこれだけたくさんの声がこの家にあったのは、いつだったのだろうと思う。祖父母が生きていた時か。ナガセの母親は、ナガセが九歳のときに離婚してこの実家に帰ってきた。彼女たちの話の輪郭はぼんやりしているものの、広い家の中に人の話し声が溢れているのはいいことだと思う。来月の中ごろの連休には、東大寺のある方に行ってみようとナガセは、いつの間にかちゃぶ台に伏せてしまいながら考えた。

連休の最終日には、あいにく雨が降った。東大寺方面に行くために、わざわざヨシカの店の休みをとったのだが、家にいることになってしまった。りつ子も母親も不在で、家にはナガセと恵奈がいた。りつ子の職場は、祝日も営業していて、母親は大阪に韓国映画を見に行っていていなかった。

家にいる時間が最も短いナガセが、恵奈と二人だけになるのは初めてのことだった。ほとんどりつ子が一緒にいるし、りつ子がいないときは、比較的時間の自由の利く母親が、恵奈の相手をしていた。平日はあいさつぐらいしか交わさないし、土日に食卓を囲む時も、恵奈は母親の隣にいる。母親は恵奈を気に入っているし、恵奈もナガセの母親を気に入っているのがわかる。なので自分の出る幕はない、と割り切っていたのに、二人で留守番をしなければいけない日がやってきた。

窓や屋根を打ち付ける音で耳が痛くなるような雨だった。いつも休みは眠りこけているだけのナガセだが、恵奈の面倒を見なければいけない、となると緊張してあまり眠ることが出来なかった。ひどい雨なのに縁側を開け放したまま、テレビを見ていた。母親は雨が嫌いで、すぐに戸を閉めてしまうのだが、ナガセは反対に雨が好きなので、廊下が濡れているぐらいは気にならなかった。母親が帰ってくるまでに拭けばいいし、それまでに雨はやむかもしれない。今年の夏は、日本のいろんなところで集中豪雨が相次いだが、工場の建物の中にいるとまったく気付かないので、ナガセにはいまいち実感が湧かなかった。

恵奈は手のかからない子で、テレビを見ているナガセからは少し離れて座り込んで、りつ子が持ち帰った図鑑を読んでいた。ナガセからすると、大丈夫か、新しいのは欲しくならないのか、と声をかけたくなるぐらい、十巻セットを毎日毎日あきもせずにとっかえひっかえ見ている。りつ子が、何をおいても図鑑を持って帰ってきた理由がそれでよくわかった。観察してみると、恵奈はよく無脊椎・脊椎動物と両生類・爬虫類の巻を見ていて、りつ子はそれで字を覚えさせたのか、すべてカタカナ表記の動物の名前には、逐一ひらがなが書き入れられている。恵奈がチラシの裏に何か書いているのを見たことがあるが、字はすべてカタカナだった。図鑑ばかり読んでいるので、先にカタカナを覚えたのだろう。母親がなぜか保持していたナガセのお古のクレヨンで、二重の楕円の中に大雑把な縦線が入っている緑色の物体の絵を描いていた。「ヒザラガイ」とその傍らには書かれていた。ガの字が異常に大きかった。

「図鑑、ちょっと見せて」

ナガセがそう言うと、恵奈は顔を上げて、これはあかんから、他のん持って来るわ、と立ち上がり、りつ子と自分の部屋から、植物の図鑑を持ってきた。

「お母さんがな、これがわりと好きやねん。わたしの今読んでるのは、気持ち悪いらしいんやんか」

「まあな。それはな」

そんなことないねんで、と恵奈は反駁し、また両生類・爬虫類の巻に集中し始めた。「ヤドクガエル」、という見出しの真っ赤なカエルをじっと見ている。母親が九州なのにこの子は完璧な関西弁を操るな、耳がいいのかな、などと思いながら少し離れて内容を盗み見ると、「ヤドクガエル」の毒は、アメリカインディアンの矢じりの毒に使われていたということがわかった。

ナガセは、植物図鑑をぱらぱらとめくり、恵奈の半分以下も興味が持てないことを自覚しながら、ちゃぶ台の上に置き、またテレビを見始めた。ここ数年間は、月曜日が祝日になることが多く、土日月の連休が増えた。そういうふうに政府が調整をしているのだ、と朝の番組のコラムで聞いた。その日は体育の日ということになっていたが、雨が降っているので体育どころではないじゃないか、寺にさえ行く気にならない、とナガセはあくびをしながら思った。体育の日が十月十日になった理由は、東京オリンピックの開会式の日に選ばれたからだが、その理由は、統計的に見て一年で一番雨が少ない日だったからなのだそうだ。それがこんなふうに連休を作るためだけに移動してしまうなんてどうかと思う、と朝のコラムの人は嘆いていた。せめてそのコラムの人ぐらいパンチのあることを言ってくれる出演者がいればいいのだが、ナガセが今見ているワイドショーはどうやらそうではなく、世の中の人々に興味を持たれているということになっている芸能人カップルについての話題を流していた。ちゃぶ台の上に顔を乗せてぼうっとテレビを見ているナガセの耳に入ってくるのは、どちらかというと雨の音と恵奈が図鑑のページをめくる音の比率の方が大きかった。

「へびを、たべる、へびの、なかま、に、は、ナメラのなかま、と、キングヘビ、のなかま、がいます」恵奈はときどき、興味を引かれたのであろう項目を声に出して読み上げている。カタカナを読むのは異様に早口だが、ひらがながおぼつかない。「きた、アメリカ、にすむキングヘビの、なかま、は、ガラガラヘビ、のような、どくヘビでも、しめつけて、ころして、たべます」

「それはすごいね」

思わず反応を返してしまう。恵奈は無言で図鑑をナガセの側に寄越して、自分が読んでいるページを見せてくる。ナメラ・キングヘビ、という見出しの下には、蛇が蛇を食べている詳細なイラストが描かれている。ナメラ、という名前は鱗がなめらかだからナメラというらしい、ということをナガセは学習した。

「ナメラって名前いいよね。改名しようかな、長瀬ナメラに」

「…………」

「その絵、映画に出てくる『ネバーエンディングストーリー』の本の表紙なんてもんではない生々しさよな」

「ね、ねばー、なに？」

「いや、ひとりごと」

説明するのが面倒で、一方的に会話を終わらせたことのお詫びがてらに、ナガセはお茶を淹れることを思いつき、立ち上がった。冷蔵庫を開けると、作りおきしている麦茶がなくなっていたので、紅茶を淹れることにした。

紅茶と砂糖と牛乳のパックをちゃぶ台の上に置き、なんと言おうか考えあぐね、欲しかったらどうぞ、とそっけない勧め方になってしまうのを歯がゆく思った。恵奈は、図鑑から顔を上げて、ナガセとちゃぶ台の上のカップを見比べ、開いた図鑑を持ったままちゃぶ台のところにやってきた。

「これなに？」

「紅茶」

「のんだことない」

恵奈の告白に、ナガセは少なからず驚くが、そういえば自分が子供のころは、紅茶なんか飲まなかったことを思い出す。まあまあおいしいで、と及び腰なセールストークをすると、牛乳まぜるの？　と訊かれる。ああうん、まぜる、とナガセが牛乳パックに手を伸ばすと、じぶんでやる、と恵奈は両手でしっかりパックを持って傾けた。ナガセはその隙に、恵奈のカップに少し砂糖を入れた。

かわいい、というところはあまりない子供だった。ナガセ自身が、あまり子供をかわいいと思うたちではないのかもしれないのだが、かわいく思ってもらおうとしている子供のことはなんとなくわかる。恵奈にはその片鱗もないことから、べつにかわいいというわけではない子だ、とやはりナガセは思った。ナガセの母親とはうまが合うのか、一緒にいてよく笑っているところを見かけるが、りつ子やナガセにはきわめてフラットな態度で応じる。慎重にカップを吹き、ときどき疲れてやめ、そしてまたカップを吹き、しっかり持って少しずつ中身を飲んでいくさまは、大人びている、というのとは違うのだが、妙に厳格な印象をナガセに植えつけた。

お母さんとお父さんがさ、けんかしてるの知ってる？　もう三人でくらさんかもしれんこと、どう思う？　と訊きたいとふと思ったが、黙々と紅茶を飲んでいる恵奈を見ていると、だんだんどうでもよくなってくる。おいしいともまずいとも言わないので、おいしくもまずくもないのだろう。

ナガセと恵奈は、何も話さなかったが、特に手持ち無沙汰は感じず、しばらく黙ってお茶を飲んでいた。あまりにも中身のないことをしゃべりまくるテレビは、疎ましくなって消してしまった。雨は激しさを増し、後で拭いても母親にばれるのではないかというぐらい廊下を濡らしていた。

どこかで雷が落ちる音がして、部屋の電気が消えた。ナガセは、あっと声を上げて天井を見上げ、恵奈はドンと怒っているような音をたててカップをちゃぶ台の上に置いた。

「このへんなあ、ときどきあんねん。古い住宅街やからかなあ。なんかもう発展から見放されてるっていうか」ナガセは、もはや幼稚園児に話し掛けているということに気は使わず、説明する。「復旧するまでどうしよ、昼寝でもする?」

「ひるねはいや」雨降りの昼の薄暗闇の中で、恵奈が首を振るのが見える。「ようちえんでさせられるでしょう、あんときいっつもねたふりしてる」

「まあなあ、さあ寝なさいていきなり言われても困るわな」

そう同意しながらナガセは、急に先ほど消したテレビが今見られないのが惜しくなった。電気のないところで何をしたらいいかどうも思いつかない。雨の降る外は薄暗いが、縁側に出るといくらかは明るいので、雨戸を閉める気にもならない。かといって、恵奈が図鑑を読める明るさというわけでもない。

こういう時、りつ子やそよ乃はどうしているんだろうと思う。やっぱり昼寝でもしていなさいと言うのだろうか。親という人はえらい、と思う。しじゅう子供に指示を出している。自分が何をしたらいいのかもよくわからないナガセには、務まりそうもない立場だった。

恵奈は、息をひそめてじっとしている。仕方がないので、ナガセは恵奈を伴って廊下に出ることにする。縁側は、雨に晒された庭に面している。庭いじりは母親の領分だが、むら気なところがあるので、今年は全体的に禿げている。体育座りをしている恵奈が、廊下の奥に目を凝らしているので、何？　とたずねると、あれなに？　と壁際に置いたポトスライムを指差した。あれは、ポトス、と答えると、こっち持ってきてもらっていい？　と頼まれる。ナガセは、ほな持ってくるわ、と承諾して、高さ三十センチほどのポトスの鉢植えを持ってくる。

洗面所の近くに置いてあるので、水だけはしっかりやっていたが、基本的にはほったらかしていたら、好き放題に伸びてずいぶん不恰好な形になっていた。切った若い茎を水に差したものをヨシカの店に置いているのだが、それらもまだ枯れずに成長しているので、まだ刈り込む必要がない。玄関にも、ナガセの部屋にも、そして工場のロッカールームにもポトスは置いてある。どれもこれもが、安いコップに差して水を替えているだけだが、まったく萎《しお》れる様子がない。改めて、ポトスはすごい、と思う。好きではないが、すごい、と。

「ただのはっぱやん」

「葉っぱを見る植物やねんて。でもまあ、見飽きたかなあ……」

そう遠くない空で稲妻が閃き、また雷が落ちる音がする。停電はしばらく復旧しそうにない。ナガセは、鋏と使っていないコップや空き瓶をいくつか持ってきて、ポトスの水差しを始めた。恵奈には、自分がやっていることについての説明はしなかったが、恵奈はおとなしくナガセの手元やポトスを見ていた。

恵奈にポトスを差したコップを渡し、これに水を入れてきて、と言いかけて、目の前で雨が降っていることに気付き、これに雨を入れて、と言い直す。恵奈は黙って、コップを縁側の外側に差し出し、雨水を溜める。

「もしこの家を出て行く日が来たら」あぐらをかいたナガセは、若い葉と茎を無造作に切り取りながら言った。「わたしもおかんもお金ないから何も持たせたられへんけど、それを餞別《せんべつ》として持って行き」

せんべつ、などという言葉を理解できたのかできていないのか、恵奈は神妙な顔をしてうなずいた。

母親が帰ってくるまで、二人はポトスの水差しをして過ごした。家じゅうの余ったコップにポトスを一葉ずつ差し、廊下にずらりと並べた様子は、それなりに壮観だった。

停電は、夕飯を食べる頃合になるまで復旧しなかった。やっぱり改修するよりは引っ越したほうがええんかなあ、と母親は柄にもなくしんみりと言った。

その夜も雨は降り続いていて、ナガセは雨粒が窓を叩く音を聞きながら、夢を見た。ポトスを食べている夢だった。葉っぱを縦に細く切ってドレッシングであえたり、さっと煮ておひたしにしたり、根をすりつぶして薬味にしたり、茎を味噌汁に入れたりしていた。味は、ネギほどの刺激はなく、ほうれん草よりまろやかで、キャベツよりは苦味があり、レタスには及ばないが水気があった。

ポトスを食べたナガセは満足して、にやにやしながら手帳に書きつけていた。

―0

これはけっこういけるのではないか。本当にお金がなくなってしまったら、ポトスを食べればいい。栄養価はどんな感じなんだろう？

夢の中のナガセは、押入から昔のものが入っている段ボール箱を出してきて、中学の時に家庭科の授業で使った「カラーグラフ食品成分表」を開き、ポトスについて調べ始めた。目次に「ポトス」という言葉を発見したところで、ナガセは目を覚ました。

工場でも、ナガセはポトスのことばかり考えていた。口の中に味が残っているような気がして、夢というのは本当に不思議だとあらためて感じ入った。乳液の瓶のふたの閉まり具合を確かめながら、実際に自分はポトスを食すべきなのではないかと思い詰め始めた。何にしよう。夢の中で食べていたやり方はすべて、初めて食べるにしては思い切っているような気がしたので、ナガセはラインに着いている間じゅう、ポトスを口にする方法について考えていた。

甘辛く煮込むのも、バターで炒めるのも、蒸してしょうゆとマヨネーズを混ぜたものをつけて食べるのも、どれもいまいち決め手に欠けるなあ、と落ち着かない気持ちで帰途についた。バスの中で隣り合った岡田さんに思いきって訊いてみると、わたしなら天ぷらかな、それで塩つけて食べる、と答えた。

「天ぷらね！」

「青臭さは、火通したり衣つけたりしてなんとかなるやろ」

岡田さんは事も無げに言った。ナガセは、さすがにこれが年の功というものなのだ、と感心し、ありがとうございます、ありがとうございます、と岡田さんの冷たくて柔らかい手を取って上下左右に振った。まあこんなもんよ、と岡田さんはおどけて威張り、ナガセは尚も、またアイデアをよろしくお願いします、と言い募ったが、岡田さんはすぐに浮かない顔になって、窓の外を覗きながら、生返事をするようになった。

ナガセは、岡田さんの沈黙の隙間を埋めるように「ポトスの天ぷら」というアイデアを褒めちぎったが、岡田さんの反応は悪く、ナガセもやがて黙り込んでしまった。やっぱり、つまらない、おとなげないことを相談したのかもしれない、いつもお世話になっているのに、こんなことでまで煩わせるなんて、自分はくだらない、とナガセが自己嫌悪に陥りかかったところで、岡田さんはやっと口を開いた。

「ナガセさんとこってさ、今別居するために家出てきた友達がおんのよな」

岡田さんは、ナガセの方は見ずに、何気ない声音で言った。

「はい。今度は調停になるそうです。旦那の浮気とか暴力が原因というわけではないから、慰謝料は期待でけんゆうてましたけど、娘はとにかく自分が育てる方へもっていくって」

ナガセは、岡田さんの問いに、訊かれていないことまで答えた。

「その娘さん、幼稚園行ってるの？」

「行ってますよ」

「住民票とかどうしたん？」

「夏休みのうちに移したんやそうです。詳しいことはわからんけど……」

だんだん頼りなくなっていく自分の話しぶりに落胆しながら、ナガセは、今度ちゃんと訊いときましょか？　と付け加えた。岡田さんは、いやいやいやいや、と我に返ったように首と両手を振る。

「ちょっと興味があっただけやから。大変やね、がんばってね、ってその友達に伝えといて」

岡田さんは早口でそう言って、ナガセさんも、ポトスの食べ方研究するのがんばって、と笑いながら言い足した。ナガセは、はいはいとうなずきながら、自分に関しては、明日も会うのにがんばってというのは変だなと考えた。

また今度、なんか訊くことになるかもしれんから、その時は教えてね、と岡田さんは去りぎわに言った。わかりました、と承諾しながら、帰る方向が反対の岡田さんの丸い背中が、ナガセには少し縮んだように見えた。

アジサイの葉っぱには毒があるんやってー、と母親が言い出したのは、ヨシカの店から帰って、寝転んでテレビを見ながらぼうっとしている時のことだった。母親は、ナガセが恵奈から借りたままになっていた図鑑を読んでいた。

アジサイの葉の毒素は、胃の中の消化酵素と反応して、シアンを生成します。母親の読み上げに対して、ナガセは、そうか、と生返事をしたものの、しばらくして、はっと起き上がった。ポトスは大丈夫か？　と思ったのだった。

「おかん、ポトスはある？　ポトスは？」

「ポトス？　ええと、ポトス、ポトス……」

母親は索引を引くが、ないわ、と言った。

「観葉植物は載ってないみたいやな。子供の図鑑やから」

「そうか……」

ナガセはまた横になろうとしたが、猛烈な眠気を感じて、歯を磨きに立ち上がった。なんでポトスのこと知りたいんあんた、まさか食べよとか考えてんちゃうやろうな？　という母親の声が追ってきたが、図星を指されたことが恥ずかしくなり、無視した。

自室に戻り、インターネットで調べると、ポトスにも毒があるようだということがわかった。なんだったんだろう、この二日間は、とうなだれ、早々と布団に入り、まるで失恋した相手にそうするように、ポトスを食べようとしていたのを忘れることにした。

食べられないことにすねてしまい、ナガセは恵奈にしばらくの間ポトスの面倒を見てもらうことにした。なんでおせわやめんの？　と訊かれ、落ち込んでいるから、と答え、なんでおちこんでんの？　と更に質問されると、食べられへんねんもん、それ、と正直に答えた。恵奈は、ふーんと首を傾げながらも、ナガセのポトスへの思い入れが低下した数週間のあいだ、ほぼ毎日、何個もあるポトスの水差しの水を替えてくれることになった。おかげで妙に色艶が良くなったポトスは、さらにわさわさと増殖していった。

＊

りつ子は、一刻も早くナガセの家を出る、ということを目標にしていたが、恵奈がこれ以上幼稚園を替わるのもなんなので、とりあえず三月まではいたら？　というナガセの母親の提案に、ためらいながらも応じることになった。ナガセもべつにそれでよかったけれど、母親が思ったより積極的にりつ子の残留を勧めるので、もしかしたら前の女二人の生活が寂しいのだろうか、と勘ぐったのだが、特にそういうわけでもなさそうだった。

冬が訪れる頃にはすでに、りつ子と恵奈はもともとナガセの家にいた人のようになっていた。正月には実家に帰ったが、三が日が終わるとすぐに戻ってきて、四人にヨシカを加えて初詣に行きさえした。春日大社に行った後、観光客のように東大寺に行き、最後に興福寺に寄った。恵奈と遊びに出る時と同じルートだ、と母親は説明した。飽きひんの？　たまに大阪行きたいとか思わん？　と恵奈にナガセが訊くと、恵奈は首を振って、あきひん、思わん、と律儀に答えた。はじめの頃、ナガセの母親が恵奈を遊びに連れ出すたびに、すみません、すみません、とあやまっていたりつ子は、やっと最近はそのことに慣れてきたようで、いつもありがとうございます、という直截な感謝の言葉を発するようになっていた。

興福寺の本堂は建て替え中らしく、行く意味があるのかとナガセは思っていたが、五重塔が見えてくると、恵奈は興奮して、早足になったり、しまいには小走りになったりした。もう何度も見ているはずだが、やはり心が躍るらしい。お母さんは何階に住みたい？　とりつ子に訊いていた。りつ子は、五階やと地震のときに揺れそうやし、一階ではしょうもないから、間を取って三階、と真面目に答えていた。ここ来んの、奈良に来てからまだ二回目やわ、とヨシカは言っていた。店を始めたばかりの時に、客の女の子が、何枚も何枚もある阿修羅像のポストカードを整理していたのが印象的だったという。ああ、ここ奈良やねんなってその時すごい思ってん、とヨシカは肩をすくめる。

五重塔を見た後は、国宝館に行った。ここも恵奈と何度も来ている、と母親は言った。恵奈が母親に買ってもらったと思しきグッズをいくつか持っているのは知っている。幼稚園でもらってくるプリント類を、りつ子は興福寺の阿吽《あうん》像が印刷されたクリアファイルにしまっている。恵奈はそれを見ながら、ときどきプリントを出しては無地の裏面を再びはさみ、眺めている。透明な地に印刷された阿と吽の像を、白い紙を裏から当てることによって浮き上がらせているのだった。りつ子は、観光などしている暇があるはずもなく、興福寺に来るのは初めてだと言いながら、五人の中ではいちばん新鮮な目付きで国宝館のものを眺めて回っていた。

「昬嚙んでんのね、知らんかった」

りつ子は、阿修羅像の向かって右側の顔を指差しながら、興味深げに目を細めた。その顔のポストカード、最後んとこにある店で売ってるよ、とナガセの母親が言うと、ほんまですか、とりつ子は驚いたように振り返った。そういえば、りつ子と遊びに出歩くのは、夏以来これが初めてだということにナガセは気がついた。お互い働きづめで、家で一緒に食事をする機会も思ったよりない。いずれりつ子から話してくるだろうとナガセは考えていたので、離婚の調停についてや、貯金が戻ってくるのかについて、深くは訊いていない。りつ子が、同じ離婚経験者であるナガセの母親に、何か相談しているのは見かけたことがある。大人の話だ、とナガセはその時思ったのだが、今考えると、自分とりつ子は同い年で、自分だって大人なのだ、と変な気分になる。

国宝館の出口にあるミュージアムショップで、りつ子はさんざん迷ったあげく、阿修羅像の右側の顔のポストカードを買っていた。思えば、こっちに来てから、りつ子は自分のためにお金を使うということがほとんどなかった。服や化粧品は、ナガセや母親のお古を使っていた。恵奈には、お金がないのよといなしながらも、新しいコートを買ってやったりしていたのに。自分が母親になった時に、そんなふうになれるかなあ、とナガセは考える。我慢しているという自覚もないのだと思う。大学生の時に暇つぶしに来て以来、興福寺には一度も訪れていなかったこともあって、ナガセには欲しいものがあったが、りつ子の生活と、世界一周の資金のことを考えて買うのをやめた。ぼけ封じの茄子《なす》のお守りが欲しいのだった。名残惜しく、いつまでも茄子の形をしたお守りを見ていると、あんたそれ欲しいのん？　と母親が隣にやってきた。いや、ぼけたくないなあと思って、とナガセが答えると、買《こ》うたるわ、と母親が言うので、ええって、と止めたが、母親は店員に茄子を差し出してしまった。ナガセは、お賽銭《さいせん》はおごるから、と情けないことをぼそぼそ言い訳しながら、茄子のお守りを受け取った。

興福寺に寄りたいと言い出したのはヨシカで、本当の目当ては国宝館ではなく一言観音なのだ、とのことだった。一言観音て？　とりつ子が訊くと、なるたけ具体的なお願いをすると、かなりの率で願いを叶えてくれるという観音様なのだ、とヨシカは境内の南に向かって率先して歩きながら答えた。

「大阪の友達がさあ、春から総務に異動になりたいです、って言ったら叶ったんやって」

ナガセの中学のクラスメイトにも、誰々と付き合えますように、などとお願いにいったと言っていた女の子がいたりした。彼女は一ヵ月後、確かにその誰々と付き合うようになったので、結構御利益はあるのだろうと言われていた。ナガセも、高校受験の時に、しつこいほど参ったのを覚えている。

願いが叶うとまたお礼のお参りにこんとあかんねんで、とヨシカは言いながら、大願成就と書かれたろうそくを買っていた。三が日は過ぎたものの、年の始めとあって、願い事をしたい人たちの行列は、普段なら避けてしまうぐらいの長さだったが、ナガセ達はその後ろに並んだ。何をお願いすんのん？　と他の四人に訊くと、月曜定休、とヨシカは簡潔に答えた。わたしは独身の頃の貯金が最低百三十万は戻りますようにって、とりつ子は言う。母親が、韓国のアイドルグループの名前を挙げて、先行チケット取りたいんですがって、と続けると、恵奈が、わたしは小学校にいけますように、って、と口を挟んだ。

「小学校はいけるやろ、さすがに」

「そやで、べつのお願いにしようよ」

そういうヨシカの誘いにも、恵奈は頑なに首を振り、小学校にいけますように、と繰り返した。順番が回ってきて、他の人々が次々に願い事を口にしているのに、ナガセには何も言うことがなかった。棒立ちになっていると、ヨシカがコートの肘を引っ張って、あんたも、とせかした。わたしは何か今ちょっと思いつかんし、ええわ、と言うと、何言ってんの、世界一周やろ、とヨシカは呆れたように言った。ナガセは、ああ、まあね、と同意しながら、手を合わせて、せかいいっしゅうが、と頭の中で言いかけ、やめた。代わりに、ヨシカとりつ子と恵奈ちゃんとおかんの願いが叶いますように、と願って、そろそろと行列を離れた。自分でも、どうして世界一周クルージングができますように、ひいては、そのための費用が貯まりますように、などとは願わなかったのだろうと思うが、理由はよくわからなかった。それ以外の願いを思いつけないことについても、自分のお世辞にも恵まれているとは言えない生活を鑑みると不可解だった。もっと自分は望んでいいはずなのだけど。それこそ望むだけなのだとしたら。

そよ乃からひさしぶりにメールが来た、とナガセ宅への帰り道で、ヨシカは言っていた。今度一人でこっちに来たいって、お参りがしたいんやって。そうか、とナガセは答えた。祝日以外は、一日じゅう休むことがほとんどなくなっていたナガセだったが、いつか工場の休みを取って、地元をしっかり観光するのもいいような気がした。

家に帰ると、ありあわせのものでキムチ鍋をした。鍋の真ん中で豆腐が温まっていくのをわくわくと待ちながら、突然自分が一言観音に願うべきだったことを思い出し、ナガセは、うあああ、と苦しげな声を上げた。

「そうや、工場の給料や、二千円でいいから！」

ちゃぶ台をばたばた叩きながら悔しがるナガセを、大人三人は笑い、恵奈は不思議そうな顔で見上げていた。その日は恵奈の誕生日でもあり、食後にはヨシカが持ってきたケーキを皆で食べた。ろうそくを立てたケーキを前に、「ハッピーバースデイトゥーユー」を歌った。恵奈は、笑顔を見せつつも、ときどき居心地が悪そうにしていた。

二月になると、りつ子は以前勤めていた会社の欠員補充で正社員の職を得た。家を出てきたあたりから、定期的に連絡を取って、今でなくてもいいから自分が求職していることを覚えていて欲しいと頼んでいたそうだ。そこで二年の職務経験があるりつ子は、三年目からの月給で勤めることになるのだという。仕事が決まったのと同時に、引越すことについても打ち明けられた。会社は大阪にあり、でも市内は家賃が高いので、奈良と大阪の県境の生駒《いこま》に部屋を探して住む、とのことだった。

りつ子は、しばらくは奈良のナガセの家から会社に通いながら、土日は部屋を探しに行っていた。なぜかナガセの母親もついていっているようで、ちゃぶ台の上には物件の資料が積み上げられるようになった。

いや、あたしらもそろそろ考えなあかんと思ってついていかしてもろとってんけど、と母親は言う。この家の広さに慣れてしまってるからかなー、やっぱり改修かなー、と母親は、集まってきたチラシを眺めながら、毎日迷っていた。

正社員になり、目的を持って家を探し始めたりつ子の決断は早く、三月の上旬には引越しの準備を終えていた。離婚についての話し合いはまだ少し続きそうだという。お金返ってきそう？　と訊くと、そこを争ってんの、とりつ子は眉をひそめながら笑った。

引越しの日は、ナガセもパソコン教室の仕事が終わってからすぐに、りつ子の新しい家に行って手伝った。いったん家に戻って、ポトスの水差しを持っていった。秋から差してあったそれは、それなりに増殖して、根っこもジャムの空き瓶の底を三周するほどには成長していた。ビニール袋に入れてぶら下げるのも不安だったので、ナガセは自宅から駅まで、ポトスの水差しを片手に持って歩いていった。改札と電車の揺れが少し不安だったが、大事には至らず切り抜けた。

あまり荷物の多くなかったりつ子の引越しは、夜になるまでには完了した。１ＬＤＫの部屋には、家具らしい家具もなく、殺風景だったが、それはそれで生活の澱《おり》も感じさせず、これから新しいことが始まるという新鮮さがあった。

「今までありがとうございました。洗濯機も、テレビも、冷蔵庫も、電子レンジも使わせてもらってありがとうございました」

りつ子は、ナガセの母親に向かって深々とお辞儀をしていた。新しい暮らしには、家賃も敷金も礼金も必要だが、家電も必要なのだ。ナガセは、ちゃぶ台しかない新しい部屋を見回しながら、どうして自分たちはそういうものがないと生きていけないと思っているのだろう、と考えた。つい百年前にはそんなものなしに生活していたのになあ、と。

家電は結局、何も持ち出せていないとりつ子は言う。まず恵奈のランドセルを買って、できればテレビを買う、と決めたのだそうだ。この子が学校で話題についていけんとだめやしなあ、とりつ子は言いながら恵奈を見遣るのだが、恵奈は相変わらず図鑑を見ていた。小学校には図書室があるで、お母さんについていってもらわんでも本借りれるで、とナガセが声をかけると、恵奈は顔を上げて、やった！　と笑った。

ナガセの家にいた分の家賃に関しては、月二万円の換算でいずれ渡すということで、母親とりつ子の間の話はついているようだった。母親は、封筒に入ったいくらかの餞別をりつ子に渡していた。りつ子は断ったが、母親は強引に台所の引き出しに入れにいっていた。コンビニ弁当の夕食の後は、ヨシカが朝に届けてくれたレアチーズケーキを食べた。りつ子が、新品の急須で紅茶を淹れた。恵奈は、砂糖もミルクも入れずに、熱い紅茶を飲んでいた。

　また来るよ、と改札口で手を振りながら、ナガセはここに来るまでの電車賃について考えていた。けちくさいようだが、二週に一度ぐらいは来たいとなると、けっこう大きな額になるので、自転車で来ようかな、来れるかな、などと切符を見ながら首を傾げ、そもそも自分にはそんな時間さえ取れないかもしれないということに気付き、少し愕然とした。お金のために、お金を使わないために、無駄な時間を作らないために働いているからなのだが、そのことが理由で自分は、少し離れた友達の家に行く余裕すら持てないでいる。世界一周の費用は順調に貯まっていたが、ナガセにはなんだか、そのことが微かに空しく思えた。

　母親と二人で電車に乗るのは久しぶりのことだった。最後に、いつ一緒に乗ったのか思い出せないぐらい、ナガセは母親と外出していなかった。進行方向に向かって並んで座りながら、母親はシートに深くもたれて寝息を立てていた。ナガセは、線路沿いの夜の風景を見ようとして、暗い窓に映るのが自分の顔ばかりであることに苛立ちながら、子供のように窓に額をくっつけた。それでも、見られる風景は自分の顔の影になった範囲だけで、ナガセはいいかげんつまらなくなって窓から額を離した。

前の席に座っている男の子が、ずっとわたしの方を見てるから、何ごとかと思ってたら、わたしの後ろの窓を見ながら髪を整えてた。

電車通勤を始めたりつ子が、苦笑いしながらそんなことを言っていたのを思い出す。ナガセは、自分もその男の子になれたら、と思う。夜の電車の暗い窓に映る自分を探すぐらいのことで過ぎていく毎日。忙しくしているのは自分自身じゃないのかという自問が首をもたげるが、忙しくしないと生きていけないのだ、とすぐに心のどこかが答える。家を改修しなければいけないし、毎日ごはんを食べなければいけない。暗い夜には電気をつけ、暑い夏には冷房を、寒い冬にはこたつや石油ストーブを動かせるだけの生活を維持するために。

維持して、それからどうなるんやろうなあ。わたしなんかが、生活を維持して。

ナガセは、自分の顔を見るのが嫌になって目をつむる。

「あの子らおらんと、寂しくなるな」

いつの間にか起きていた母親が、そんなことを話しかけてくるが、ナガセは窓の方に顔を背けたまま、せやな、とあいまいな声音で同意する。母親は、ナガセよりも恵奈やりつ子と関わっていた時間が多いはずだから、寂しさは自分より大きいかもしれないと推測する。特に恵奈のことは、本当にかわいがっていた。自分の母親は子供が好きなのだ、と初めて知った。母親が毎日のように恵奈とつるんでいるのを見ながら、ナガセの胸の奥には罪悪感が少しずつ少しずつ沈殿していた。

「わたしが四十までに結婚せんかったら、養子でも取る？　孫欲しいやろ」

現実的に、母親がまた子供と一緒に暮らす機会は、そのぐらいしか考えられなかったのでそう提案した。今の生活では、男を捜している時間も、余裕も、つてもなかった。もっと若ければどうにかなったのかもしれないが、その時期は、前の会社での気違いじみたパワーゲームと、その後遺症による長い脱力と、新しい職場に慣れるまでに費やされてしまった。付き合っていた同期の男は、今は役職につき、高給を取るようになったらしい。ナガセが、恐る恐る自分の部署で起こっていることを打ち明けると、仕方ないやろ、と男は言った。おまえもそれで金もらってんねんから、仕方ないやろ、と。そうなんかな、とナガセはうなずいた。どうして殴りかからなかったのだろうと今は思う。昼休みの喫茶店での出来事だった。客はたくさんいたから、返り討ちにされることもなかっただろう。

あれと結婚してたら、もう孫ぐらい作れてんのかなあ、と思う。恵奈の相手をしている母親を見ながら、ナガセはときどき、女の子供の親孝行は結局、真面目に働くことなどではなく、手頃な男を見つけて安泰な結婚をすることなのではないかと考えていた。母親自身が離婚を選んでいたとしても、女が結婚によって身分の安定を得るのは反論しがたい人類の自明のことであるからして、母親はやはりそれを望んでいると思っていた。

でも結婚より、わたしは家を改修したい。それか、世界一周の船に乗って、パプアニューギニアでアウトリガーカヌーに乗りたい。

「養子？　いらんわそんなん」

しばらくの間をおいて、母親はナガセの問いに意外な答えを返した。

「なんで、恵奈ちゃんのことすごいかわいがっとったやん。子供好きやねんなあって思った」

「そんなん、関係ない子やしいずれ出て行く子やからかわいがるんやん、血の繋がってない子供を育てるなんてもめる元やで」

面倒くさそうに母親は言った。返す言葉は思いつかなかった。

やがて、再び隣から寝息が聞こえてきて、ナガセも膝の上に置いたメッセンジャーバッグの上に伏せたが、眠ることは出来なかった。

目をつむったまま、家に帰ってからの予習がてらに、頭の中で手帳を開き、奈良から生駒までの往復の電車賃と、全員の分をおごると申し出てしまった夕飯の飲み物と弁当代を記した。
－290
－147×4
－1701
－290
アウトリガーカヌーに乗ることができていないのなら、せめて自転車を攻略し尽くすこと。生駒っていうか、できれば上本町《うえほんまち》あたりまで行けるようになること。

*

五月の中ごろから咳はよく出るようになっていた。毎年この時期はよく咳き込んでいるし、工場内ではマスクをするからほとんど咳がでないので、特に気にはしていなかった。ただ、マスクを外して喉を乾かすと、とたんに気管がせりあがるような感じがして、むせるような小さな咳が始まった。それでも、水を飲んだらすぐにおさまってしまう程度のものだったので、ナガセは何もしなかった。
ときどき、悪化しそうになるかと思うと数日の間止んでしまうのも、思えば問題だった。治った、と思い込んで更に放置し、また咳が始まる、ということを繰り返しながら、六月の終わりを迎えた。その頃にはもう、マスクをしていない時は、十分に一回体を折り曲げて咳き込むような有様になっていた。それでも、そんなにひどいことにはならないだろう、そのうち治るだろう、とたかをくくっていた。だいたい、工場での作業中や、ヨシカの店で接客をしている時はぴたりとやんでいるので、あまり不自由だとすら感じなかった。いつものことだと思っていた。

母親は、何度も医者へ行けと言った。寛いでいる時にもあまりにしつこく言われるので、ナガセはしまいに、どこにそんな時間があるのよ！　と怒鳴った。

こういうのって家のせいかもしれんって聞いたよ、とテレビで目にした定かでもないことを持ち出して、ナガセは反駁した。家の木とかがさ、腐って気管に悪い影響を及ぼしてこうなってまうんやって。

ナガセがその話をすると、母親は必ず引き下がったので、咳は家のせいだ、とナガセは特にそう思っていなくても口にするようになった。ときどき、驚くほどひどい咳が出た。這いつくばって咳をしながら、それでもそのうち止むだろうと考えていた。

そんな状態でナガセは三十歳になった。それまでと比べて、大して変わった事はなかった。ただ咳をしていた。二十九歳の誕生日も咳をしていたと思う。三十一歳になったときもそうだろう。

雨が降りしきる中、七月を迎えても、ナガセの咳はやまず、常態化したそれをもはや誰も気にかけなくなっていた。のど飴を舐めている間だけは咳き込まないので、人といる時はずっと飴を舐めていた。工場内では、味のなくなったガムを噛みながら、マスクを二重につけてしのいでいた。

その日の帰りは、岡田さんと隣り合ってバスに乗っていた。四週目の月曜日だったので、ヨシカの店は休みだった。一言観音にお願いをしてから、ヨシカは月曜日を隔週で休むようになり、着々と月曜定休に向かっていた。それでもたまに、手持ち無沙汰な時は店を開けていて、帰りになんとなくやってくる近くの店の店員などの相手をしている。ナガセも、家に帰ってもやることがないので、休みでもヨシカの店に行ってみようと思いながら、小さな咳を繰り返していた。岡田さんと、りつ子の話をしていた。ここ最近、岡田さんがりつ子の様子を尋ねることが増えてきていた。りつ子からは、結婚していた時と比べて頻繁に連絡が入るようになっていて、小学校の入学式の頃にはオレンジのランドセルを背負った恵奈の写真も送られてきた。とりあえず、テレビと洗濯機とオーブントースターは揃えたそうだ。秋までには電子レンジを買うと言っていた。そして来年の春までにはパソコンを手に入れたい、と。貯金が戻ってくることについての見通しは、それなりに立っているそうだ。ただ、恵奈の養育費についての交渉は難航しているらしい。

そういったことを、ナガセは岡田さんに話していた。うちの親も離婚しましたけど、慰謝料や養育費なんて、そうそうもらえるもんやないですよ、とナガセは途切れ途切れに岡田さんに訴えていた。そんな前向きな話し合いができるんやったら、そもそも離婚なんてしてませんて、金持ちの離婚の話やわ、たぶん、そういうのって。

へらへら笑いながら言っているつもりだったが、ナガセを見ている岡田さんの顔は、少し青白くて複雑そうだった。無理して話さんでええから、とナガセの背中の上のあたりを軽く叩いてくれた。

岡田さんが家のことについて何か事情を抱えていることは、ナガセにも薄々わかりかけてきていた。りつ子の状況を、自分のこの先に照らし合わせようとしていることも、なんとなく理解できた。岡田さんの二人の男の子供については、名前や年やどの科目が得意でどんなスポーツが好きでどのゲームをしているかなどまで知っていたが、夫婦仲については、耳にしたことがなかった。ただ、大阪の会社に勤めていて、小遣いに不満がある、ということだけが、ナガセの岡田さんの夫に関する知識のすべてだった。そんなこと言っても、家のローンがあって、そんなにたくさんは小遣いは出せない、と岡田さんは弁明していた。世の中には、自分の稼いだお金はすべて自分のものにしてしまい、家計という観念が全くないりつ子の元夫のような男がいるのだから、不満があってもそれに従っている岡田さんの夫はましなほうだろうとナガセは考える。ちなみに、ナガセの父親には、働くという観念がまったくなかった。働かない男からは、元妻は慰謝料も養育費も取れない。

ナガセはそんなことを咳き込みながら説明し、岡田さんは、わたしに落ち度がないとは言えんのかもしれんけども、と固い声で言っているのが、自分自身の咳の合間から聞こえた。岡田さんが話をやめようとすると、ナガセは手振りで続きを促し、尚も体を折り曲げて咳をした。

旦那が浮気してるみたいで。なんやろ、もう長いことやってるらしくて。わたしからは何も言ってないんやけど。

ナガセは息を止めて、咳を我慢しようとしたが、やはりまた気管に空気の塊のようなものがこみ上げるのを感じて、それを吐き出した。喉の奥で血の味がした。もう慣れっこだったので、ナガセは咳を続けながら、震える手でのど飴の小袋を開いた。重い咳は、ごほんごほんというような擬音を通り越して、まるで喉にうるさい豚の動物霊が宿って鳴き狂っているかのようだった。

相手も家庭のある人みたい。どうなんやろう。どう思う？　旦那が同僚に、あいつを見てもなんも思わん、結婚してぶくぶく太ってきたし、おれはときめきが欲しいねん、って言ってるっていうのも、同僚の奥さんからきいてん。なんやろう、なんなんそれ？

そんなもん市井の人間にあるもんか、あほかそのおっさん死ねよ。そう言ったつもりだったが、言葉にはならなかった。代わりに、よりひどく咳き込んだナガセは、前の座席に頭を凭せ掛け、そのままずるずると沈んでいった。岡田さんの手が自分を揺さぶっていたが、手を上げて大丈夫だと示す気力もなかった。

大丈夫です。ほんとに大丈夫です。いつものことです。

頭の中でそう繰り返しながら、ナガセはこめかみの痛みを堪《こら》え、やがて目を開けることさえできなくなっていった。

家へは岡田さんがタクシーで送ってくれたらしい。送迎バスからナガセを引きずり出したあと、岡田さんはＪＲ奈良駅の近くでタクシーを拾い、ナガセの携帯から自宅に電話をかけ、母親から住所を聞き出して、ナガセを自宅まで送り届けた。少し休む、という工場への届けは、母親が出したそうだ。タクシーのことも、届けのことも、今朝様子を見に来た母親から聞いた。

とにかく、ちょっとましになったら病院行きよ。車やったらまた呼ぶから。

ナガセは首を振った。母親は、あのね、そのぐらいやったらわたしが出すから、と言葉を継いだが、ナガセはやはり首を振った。母親にそんな負担をかけるのが嫌だったし、この程度のことから一人で立ち直れない自分を認めたくなかった。

それにしても、少しってどのぐらいだ。

ナガセは、熱に浮かされながら、ぎらぎらと目を開けて天井を見上げていた。平日の昼間から寝るのはひさしぶりだ。前にいつそうしたのかも思い出せない。工場も、ヨシカの店も、土日のパソコン教室も皆勤だった。工場に勤めてから五年間、仕事と名のつくものを休んだことはなかった。休みたいとはしょっちゅう思っていたが、それで休んだら、自分が根本から変わってしまうのではないかといつも怯えていた。休みたかったのに、空いている時間が嫌で、仕事を増やした。ヨシカの店で働くことは気楽なものだし、パソコン教室はお年寄りの話し相手が大半だから、そんなに大したものではないと思っていた。自分の時間がないことに安心していた。どの仕事も薄給だということが、ときどきナガセを追い詰めたが、それでも働かないよりはましだと思っていた。前の仕事をやめた後、何もしていなかった頃の焦燥を思い出すと、体は熱いのに身震いが起きる。

今のナガセは、自室に寝かされてただ天井の木目を見ている。古い冷房と、母親が置いていったのか、家で一番新しい扇風機の羽根が回る音を聞いている。ときどき咳が出る。仰向けで咳をするのは苦しい。咳をするにも出しやすいやり方があって、仰向けでは、上の方に咳の力が働くから、弱った体ではなかなかうまく思い切り咳ができない。小刻みで、実感の少ない咳を間断なくするのはどうにも煩わしい。けれど寝返りを打つのはもっと面倒くさい。

かといって、眠れもしなかった。次に目が覚めた時に、自分が何を考え始めるのかが怖かった。今は工場へ行きたいと思っている。眠ることによって意識が分断され、その考えが薄らいでしまうことが怖かった。

今日は誰が自分の代わりをやっているのだろう。岡田さんならうまくさばくだろうから大丈夫か。岡田さんに負担してもらったタクシー代はどうなるのだ。母親が立て替えたのか。それを返さなければ。そんな余計なお金ないけど。もうこれで世界一周は無理だろう。再来月ぐらいには貯まるかもしれないけど、それはそれで負けたみたいだ。一年で貯めると決めていたのに。

外では雨が降り始めていて、明るかった部屋は急速に暗くなっていった。電気をつけたい、と思ったが、立ち上がるのも億劫《おっくう》だった。冷房と扇風機の音に混じって、ときどき雨音がきこえてくる。ばたばたという、粒の大きい雨が、窓にぶつかる音がする。どのぐらいの降りか確かめようと身じろぐが、やはり体の関節が痛いのでやめてしまう。

時間は昼間なのに、夜のように暗くなってゆく部屋でじっとしている。冷房と扇風機と雨降りの混ざった単調な音が眠気を誘う。咳をしながら灰色の天井を睨み付けていたナガセは、やがてゆっくりと目をつむる。

この時間は何なのだろう。

顔を上下左右にむずむず動かして、せめて泣こうとしてみるが、こみ上げるものが何もない。ただ、屋根の下で寝られてありがたい、と頭のてっぺんを稲妻に照らされながら思った。雨が強くなるにつれて、眠気が増していった。次に目が覚めた時に、仕事をやめたくなっていませんように、と祈る。近くで雷の落ちる音がした。

少し回復したので医者に行くと、過労で風邪が治りにくくなっているようですね、と言われた。ナガセの説明をただ言い換えただけの若い女の医者は、パソコンのモニタに体を向けたまま、ナガセの方は見ずに診断した。口を開けさせて喉を点検することさえしなかった。点滴を受けたいんですが、と言うと、じゃあそうしてください、と、やはりナガセの方は見ずに言った。

診療室のドアを閉めながら、わたしはあの人の気に入らないことを何か言っただろうかと考えた。ナガセより何歳か年下の、かわいらしい女の医者だった。若くてかわいくて女で医者だなんて、もう人生八割がた勝ったも同然なんだから、せめて視線ぐらいくれたっていいだろう、と点滴がもどかしく管の中を伝っていく様を凝視しながら思った。大きな咳をすると、針が腕に食い込むような気がしたので、小刻みに咳を吐き出すようにして、無駄なストレスをためた。

若い女の医者の無関心と、母親やヨシカの心配の温度差がすごかった。車を出して総合病院まで連れて行ってくれたのはヨシカだった。母親は仕事場から、三時間ごとにメールを送ってきていた。女の医者がこっちを見なかった話をすると、ヨシカはけっと笑って、けちくさい女、と吐き捨てた。ナガセは、診断書目当てやったからええねん、と強がりを言った。

風邪薬を飲んで布団に入るのが楽しみになっていた。工場はすでに四日休んでおり、土日に入って工場が休みになることに安堵していた。自分が休んでいるのを皆忘れていてくれるといい、と思う。誰にも何も言われず、何事もなかったかのようにラインに戻っていきたかった。携帯電話には、岡田さんの着歴がいくつか残っていた。しんどかったら折り返しはいいです、と留守電に入れてくれていたので、ナガセはありがたく電話はかけなかった。

自室にいると暇で仕方がないので、テレビのある居間に布団を引き摺り下ろして一日じゅう寝ていた。布団を下ろす作業で疲れ切ってしまい、そのまま風邪薬の眠気もあって寝てしまうのはとても気持ちが良かった。咳はやみ始めていたが、熱は上がってきているようだった。

トイレに立つと、廊下に並べたポトスの水差しが毎回目に入ったが、まだ世話をする気力はなかった。もう一週間以上水を替えておらず、どのぐらい根が水を吸っているかの想像はついたが、ポトスなので大丈夫だろうと思った。

ほとんどわざとらしいほどの動作で、布団に倒れこみ、咳をしながらテレビのチャンネルをザッピングする。どの番組も結局つまらなくて、母親が置いていったミネラルウォーターのラベルを読み始める。その銘柄を買うと、一リットル購入のたびに、アフリカに十リットルの安全な水が生まれるのだそうだ。

ナガセは、肩越しに縁側のガラス戸の向こうで降りしきる雨を眺める。まだ相当降るとテレビでは言っていた。

雨のある国に住んでいるだけでも幸せなのかもしれない、と思いながら、ナガセは眠りに落ちていった。あの若い女医にその話をしたいと思った。彼女はなんと言うだろうか。何も言わず、やはりこちらに背中を向けたまま、というのが正解だろうか。そんなふうに考えたのを最後に、ナガセは意識を失った。

夢の中でナガセは、シングルアウトリガーカヌーに乗って、あちこちの島に寄っては、そこにいる人たちにポトスライムの水差しを配っていた。たいていは、大して喜ばれはしなかったが、水だけでどんどん増えるってすごくないですか、とナガセは根気よく控えめに勧めた。

ある島では、でも水がないから、とすげなく受け取りを断られた。この一年間で、ポトスを育てることは最低課金の娯楽であると学んだつもりだったナガセは、項垂《うなだ》れてその島を後にした。

瓶を一つ手に取り、陽に透かしてみた。太いたくましい根から、細い根毛が伸びて、うねうねと瓶の底を三周している。食べられへんのよなあ、と思う。にわかにいらいらして、積んでいるポトスをすべて海に捨てようと、やみくもにカヌーをぐらぐら揺らしてみるが、ポトスの瓶は海には落ちず、ナガセが疲れてしまうだけだった。

そもそも本気ではなかったのかもしれない。

わたしはまだまだだ、とナガセはポトスの瓶で溢れかえったカヌーを漕ぐのをやめてうつむく。そのうちに、青い海の上でカヌーはどんどん流されていく。流されて、流されて、気がついたら、ナガセは自宅の庭に流れ着いていた。家の裏庭には塀がなく、海岸が広がっていたのだった。

ナガセはカヌーから降り、当たり前のように自宅の縁側に上がった。その日は仕事があった。うつむいたまま、それでも仕事には行くつもりだった。

＊

庭に雨水タンクが運び込まれてくるのを、母親はスイカを食べながら縁側のガラス戸越しに目を丸くして見ていた。配送業者が家に来るというので、久しぶりにブラジャーをつけたナガセは、病み上がりの緩慢な動作で、庭に下りて配送業者に傘を差し出していた。家にやってきたのは、高校を卒業したてぐらいの若い男の子と、定年間近と思しきおじいさんとおじさんの間の中年の男の人だった。用意よく、カッターナイフで梱包《こんぽう》を解こうとのろのろやっていると、手伝いましょうか？　とおじさんが申し出てくれたが、彼らにもこの先仕事があると思ったので、丁重に断った。

母親の頼みで、さる韓国アイドルのライブのチケットを予約するために、ひさしぶりにインターネットにつないだ後、雨水タンクを買ってしまった。どうせ世界一周の資金が貯められなかったのなら、何か欲しいものを買おうと思いついたのだった。それで雨水タンクを買った。どうせなら梅雨の間じゅう置いておきたかった、なんで今ごろ買うんだよわたし、と手に入れたにもかかわらず後悔する。

とにかく、買うということに関しては衝動的に決めたが、どのタンクを買うかについて小一時間悩んだ末、雨どいに直結するタイプの八十リットルサイズのものを買った。それまでのナガセは、雨水タンクは単に庭などに置きっぱなしにしているものだと思い込んでおり、雨どいに取り付けるものだとは知らなかった。

雨が小降りになっていたので、長年使っていなかった工具を引っ張り出し、レインコートを着て、必死で取り付けた。あんたせっかく治りかけてんのにまた熱上がるよ、咳出るよ、と母親は、ナガセの頭上に傘を掲げながら注意してきたが、取り合わないでいると、スイカ残ってるからね、と言い残して家の中に戻っていった。

興奮で熱は上がったようだったが、関節の痛みと咳は引いていた。軽い作業をするとひさしぶりに空腹を感じて、インスタントラーメンとスイカを食べた。そのまま寝たら太る、という理性の制止もきかず、ナガセはその足で歯も磨かずに布団に入った。

その夜は、凄まじい雨が降った。夜中に起き出して、自室の雨漏りの下に洗面器を置くために下に降り、雨戸を少しだけ開けて雨水タンクの様子を見た。雨に打たれながら、微かに身震いをしているような灰緑色のタンクを眺めつつ、ナガセは、立て続けに三回大きなくしゃみをした。

部屋に戻り、枕元の電気スタンドをつけて、しばらく手にとっていなかった手帳を開いた。

－８９８０

その下に何か書くことを探したが、見つからなかった。もういい、と書きかけたが、やはりそれはやめておいて、ナガセはスタンドを消した。

明日の教室には行くことにします、お騒がせしました、すみませんでした、と頭を下げながら電話をかけると、二日休んだぐらいでそんなに謝ることないですよ、と会館の習い事の管理担当者であるおねえさんは言った。そうか、まだパソコンの方は一週しか休んでないんやった、とカレンダーを見ながらナガセは不思議な気持ちでいた。

工場の方はすでに九営業日休んでいた。岡田さん以外のラインの人からも、ほんとに大丈夫？　だとか、こっちのほうは心配しないでください、というメールがやってきて、ナガセは恥ずかしいような、ありがたいような思いで、だいぶよくなりました、とそれらに返信していた。

昼過ぎまでごろごろしていたが、工場に行く時間にはもう目が覚めていて、なんだったら今日から行くんだった、と少し後悔した。まだ咳は少し出たし、動くのも億劫だったが、この程度の辛さで働いていることなんてしょっちゅうだった。テレビを見ながら、卵の雑炊をぼそぼそと食べた。外はどんよりとした曇りで、雨は降っていなかったが、天気予報では夜にまた降ると言っていた。

扇風機の前に座って、髪の毛をめちゃくちゃにあおられつつ雑炊を食べながら、ナガセは積乱雲について考えていた。夏の象徴であるような、大きく高い積乱雲の下では、雷や豪雨が起こっているのだという。しかし、それを見上げて、夏だなあ、などと考えているこちら側には、その積乱雲の下での出来事は見えない。そのことが不思議だった。ある場所から雲が見えたとき、その雲はだいたいそこからどのぐらい離れた所の上を漂っているのだろう、とナガセは考えた。のん気に夏を感じているこちら側と、すごい雨だ、雷だ！　と大騒ぎになっているのであろうそちら側の隔たりが、ナガセには興味深かった。

風呂に入り、休んでいる間に散らかした自室の片づけをしてしまうと、ますますやることがなくなった。十二時半を指す目覚まし時計を睨みながら、ヨシカの店にでも行こうかと考え、そういや雨水タンクはどうなったのだろうと思いつき、庭に出た。

雨水タンクを開けると、底から五分の一ほどまで水が溜まっていた。思ったほどではないなと少し落胆しつつも、タンクの経費は掛かったものの、ただで水を手に入れたことを喜び、しばらく替えていなかったポトスの水差しの水を替えた。廊下に十数個、ずらりと並んだポトスライムは、三枚から五枚ほどの大きな葉をつけ、無闇に色よく育っていた。元気そうな茎から分岐した若いポトスの茎が、葉の先の方だけをまだ親の茎にくっつけて「く」の字に折れ曲がっている様は、蝶の蛹《さなぎ》に似ていた。ビニールを固めたような均一な色合いによってどう見ても作り物のように見えるポトスが、やはり生き物なのだと感じるのはそういう姿を見た瞬間だった。

ポトスをまた廊下に並べなおしている間に、郵便受けに重いものが落ちる音がきこえたので、玄関に出て行くと、りつ子からA4サイズの封書が届いていた。中には、りつ子からの短い手紙と、恵奈が作ったと思しき、クレヨンで手描きされた絵付きのカタログのカラーコピーが入っていた。

『恵奈が、夏休みの自由研究をもう完成させました。ナガセに送れと言うので送ります。研究のタイトルは〈食べられる観葉植物〉です。恵奈はイチゴを育ててくれとうるさく言いますが、わたしはとりあえず、ペパーミントを買ってきました。葉っぱをざく切りにして紅茶に入れて飲むといい感じです。仕事から戻ってきて飲むと生き返ります。そして、ナガセのお母さんの口座に、とりあえず二ヵ月分の家賃を振り込みました。ナガセのところにも、去年借りた実家への交通費を振り込んでおきました。わたしにも、ボーナスが、出たのです。いや、寸志程度なんですが……。』

ナガセは、りつ子からの手紙をちゃぶ台の上に置き、恵奈の自由研究のカラーコピーをしげしげと眺めた。イチゴにはよほど思い入れがあるのか、種の一つ一つまで丹念に描いていて、逆にまずそうにしていた。あさつきの絵は、緑のクレヨンで線を引いただけで、まるでやる気がなかった。特徴が捕らえ辛いらしく、描きにくそうにしているペパーミントの説明のところには、おかあさんが、これを、すきです、というキャプションがついていた。ローリエの欄には、おかあさんが、これはシチューにはマストやで、といっていました、と書き加えられてあった。

ナガセは、何度か恵奈の自由研究を読み返した後、母親が仕事から帰ったときに気がつくように、封筒から出したままテレビの前に置いた。結構時間がたったのではないか、と時計を見たが、そうでもなかった。りつ子や恵奈への返事を書こうと、固定電話の横に置いてあるメモ帳とボールペンを手にとったが、その時間はもう少し先にとっておこうと元の位置に戻した。今ぐらいだろうそんな時間が取れるのは、とナガセの冷静な部分が諭そうとしたが、なんとなく、すぐに返事を書いてしまうのはもったいないような気がしたのだった。

ナガセは、ちゃぶ台に伏せて、うだうだと横に揺れながらやることを探し、岡田さんに渡さなければいけないお金を下ろしに行くことを思いついた。明日パソコン教室に行った後に下ろしてもいいのだが、時間外手数料が惜しかった。

ひさしぶりに、部屋着でない服に着替えて、自転車で出かけた。次の日からまた、工場より比較的負荷が軽いとはいえ仕事に出るのが妙な感じがした。休んでいることが体に馴染んでいて、これから大丈夫なのだろうかと不安だったが、辛いと感じればうまく手を抜けばいいと気軽に思った。今までそんなふうに考えたことは一度もなかった。

駅前まで出て、銀行のＡＴＭに寄った。岡田さんへの推定のタクシー代を引き出した後、画面に表示された残高を確認して、ナガセは息を飲んだ。

1，631，042

しばらく考えこんだが、やがて、自分が工場を休んでいる間に、半月分ほどのボーナスが出たのだろうという結論に達した。それに、今月分の給料と、りつ子からの交通費の返済があって、ぎりぎり一六三万円を越えたのだ。

去年もおととしも出なかったのに、いったいどういう気まぐれなんだあの会社。

拍子抜けしたナガセは、口を半分開けたまま、のろのろと自転車のところに戻り、鍵を差してサドルにまたがった。片足を地面に付けたまま、しばらくどうしたらいいかわからなかった。このまま家に帰るには、何か体の中で余計なものがそわそわとうごめきすぎていて、気分がよくないような気がした。ヨシカの店に行っても、よくわからないことをしゃべりまくって、かえって邪魔をしてしまうような予感もした。

とりあえず、工場にクルージングの資料請求のハガキを取りに行くことにした。そんなことをしたら、また病気がぶり返してしまうだろうと、心のどこかで一瞬だけ考えたが、それでもナガセは工場に行こうと思った。ただ、自転車で走りたかっただけなのかもしれない。

ナガセは、送迎バスのやってくる辺りまで移動し、そこから、いつも見ている風景を思い出しながらペダルをこいだ。工場まではいつも、バスの発着所から十五分ほどかかった。自転車で行くとその倍ぐらいだろうか、などと考えながら、ナガセは雨のにおいを嗅いだ。夏の大気は、まとわりつくように暑かったが、曇りのせいか、ときどき少しだけ涼しい風が吹いた。

ほとんど信号に捕まらなかったので、工場までは思ったより早く到着した。昼間に自転車で訪れるのは初めてのことで、ナガセは、いろいろと考えたあげく、守衛さんに社員証を見せながら、自転車を押して正門から入った。あんた、ここ最近ずっと来てなかったよな、やめたんかと思ったわ、と定年後再雇用制度で働いているという守衛さんが話しかけてきて、ナガセは、自分が守衛さんに認識されているということを意外に思いながら、風邪ひいてましてん、と答えた。

「夏はなあ、冷房やらなんやらあるし、外は暑いのに、かなんなあ」

「雨もまだよう降るしねえ」

昼の中途半端な時間にやってきたことについては、忘れ物を取りに来た、と適当に答えておいた。

三時の休憩が終わったばかりのロッカールームからは、ぞろぞろと女の人たちが出てくるところだった。ナガセは、その中に岡田さんの姿を探したが、見つからなかったので、不安な心持ちで女の人たちの列を壁にくっつきながら逆流し、ロッカールームに向かった。

部屋の中には、岡田さんが一人で座っていた。岡田さんは、テーブルに肘をついて組んだ手の上に額をのせ、世界一周クルージングのポスターの下で大きな置き物のようにじっとしていた。

小さい声で遠慮がちに名字を呼ぶと、岡田さんははっと顔を上げて、どないしたん、来週からちゃうの？　とあたふたと髪を整えた。

「汚れもん取りに来たんです、土日に洗濯しよ思て」

「そうなんかあ。わざわざ来んでもゆうといてくれたらあたし、持って帰ってついでにやんのに」

岡田さんの言葉に、ナガセはなぜだか、その場にうずくまってしまいたくなったが、しかしそうはせずに、休んでる間にボーナス出たんですか？　と確認を取った。

「そやな、今年は出てん。ちょっとやけどな。なんか、乳液の売れ行きが良かったとかで。インターネットの口コミのサイトでええ点とったんやって」

岡田さんは、帽子を頭の上にのせ、手元に置いていた湯飲みの中身を飲み干して立ち上がった。ああもうこんな時間、さあ、仕事や、仕事、とわざとらしいほどに言いながら、岡田さんはナガセがゆるく閉めたドアを押した。

「あのね、わたし、ほんとは夫と別れようと思ってたんやけど」岡田さんは、ドアの傍らに突っ立っていたナガセに向かって、眉を下げながら微かに笑いかけた。「とりあえず、息子らが成人するまでは、なんとかがんばろうと思う。生活のこと考えたらね。あの時は変な話してごめんね」

ナガセは、小刻みに何度もうなずいた。そして、自分がうなずいている内容が、あやまられたことではなく、岡田さんの決断への肯定だということが伝わっているだろうかとにわかに不安になり、今度は首を横に振り始めた。岡田さんは、なんよ、と呆れたように首をすくめて、廊下に出た。

「休んでた分わたしでよかったら話ききますよ。ボーナスも使い道ないし、ちょっとやったらおごりますし」

そう岡田さんの背中に話しかけると、そやなー、と岡田さんは振り向いた。

「もうすぐ終わるからさ、お茶に付き合ってよ。先に駅の方に帰っといてくれてええからさ」

わかりました、ほなわたしの友達の店に行きましょうよ、定時んなったらいったん連絡します、と言うと、岡田さんは、じゃあ後で、と手を上げて、小走りになって廊下の向こうへと消えていった。

正門に戻るまでの渡り廊下で、掲示板に世界一周クルージングのポスターを貼ったと言われている課長と擦れ違った。どうしたん？　来週の月曜からやろ？　と問われ、クルージングの資料請求のハガキを取りに来ましたよ、と正直に答えた。そのほうが課長も奥さんとする話ができていいかなと思ったのだ。

「なんなんナガセさん、世界一周いくん？　すごいな」

と言われてナガセは、一瞬だけぼうっとして、いやまあ、選択肢の一つとして持って帰るだけですわ、と笑った。そうかあ、選択肢の一つなー、と課長はわかっているのかいないのか無闇に感心した後、あ、そうやそうや、と思い出したように続けた。

「来週からナガセさんとこのラインに新しい人が来るから、面倒見たってや」

大卒の二十七歳で、四年の職務経験がある女性だとのことだった。ナガセは、その人がどうしてこの工場にやってくることになったのかについては考えないことにした。

課長と別れた後、ナガセは、資料請求のハガキを二つに折ってポケットの中で握り締めながら、何か忘れている、忘れているはず、と首を捻りつつ、自転車を押して正門を抜けた。

そうだ、タクシー代を返すのを忘れていたのだ、と思い出しながら、ナガセは工場が面していく道路の坂を下っていった。鼻先に、冷たいものが落ちたような気がしたので、急がなければ、とナガセは思った。なのに山の向こうの空は晴れていた。友人達や母親の頭の上は、今どうなっているのだろうと考えた。

下り坂を、ペダルに足を乗せたまま降りながら、お金を貯めたことのお祝いに何かしよう、と思いつくと、とても気分がよくなって、雨に捕まる前に駅前へ戻れそうな気がした。これだけ自分の体が動くという感覚を思い出したのは、おそらく数年ぶりのことだった。

とりあえず、岡田さんにお茶とスコーンをおごって、恵奈にイチゴの苗を買ってやろうと思った。ナガセは自転車を止め、カバンに入れている手帳を開こうとしてやめた。

代わりにまたサドルに座り、ナガセは走り出した。

また会おう。

何者にでもなく、ナガセは呟いた。ポスターの中のアウトリガーカヌーに乗った男の子が、ナガセに向かって手を振ったような気がした。

十二月の窓辺

トガノタワーのてっぺんが、いわゆる尖塔というふうに言えなくもないということに気がついたのは最近だった。ネットでその階層構成について調べると、最上階は展望台で、そのワンフロア下は会議室なのだそうで、そんな高いところで何の話し合いをするんだ、まるでスターウォーズみたいじゃないか、ふざけるな、とその時ツガワはわけのわからない憤りに襲われたのだった。

要するにジェダイ気取りか、と今日も寄る辺ない思いに身を沈めていると、エレベーターホールの方から聞こえる女の子たちの笑い声が耳に入ってきて、ツガワは反射的に壁際に寄り、身を隠すように張り付いた。女の子たちが自動販売機のある凹みを通り過ぎ、廊下の奥にある喫煙所に落ち着いたことを物音で確認すると、ツガワは溜め息をついて、また霧雨の向こうに見える街の景色に心を傾けていった。職場のあるビルの近くを流れる川の橋のたもとには、新しい立て看板が増えていた。目を凝らして確認しなくても、それが通り魔注意をうながすものであることがわかった。

十一月に入っても、夏の終わり頃からこの界隈を騒がせている通り魔の噂は途絶えることはなかった。ツガワの勤め先の女の子たちに関しては、恐怖や混乱によっておののいているというよりは、何か継続的なイベントに集団で携わりながら、それを半笑いでやり過ごしているような緊張に欠けるニュアンスが大部分を占めていたが、それでも通り魔が出没するらしいという事実が周辺の社員達の生活を脅かしていることに変わりはなかった。そりゃあんたらは楽しそうでいいよ、と毎日一人で帰路につくツガワは思う。黒いパーカのフードを目深に下ろして鉛管を持ち、曲がり角の電信柱の陰で道往く人をうかがっているという通り魔の出現のごく初期から、ツガワの職場の年端も行かない女の子たちは、小学生の集団下校よろしく自主的に寄り合って帰宅するようになっていた。ツガワからすると不思議なこと以外のなにものでもなかったのだが、彼女たちは自分の仕事を終えても職場に居残ってぺちゃくちゃ喋りながら他の帰宅のメンバーを待ち続け、全員が揃うまで一人も帰ろうとしない。職場から人がひいていくのに比例して調子が上がるツガワからしてみたら、自分勝手だとわかりつつも、そのことがどうにもわずらわしかった。帰宅の集団には曜日ごとのシフトがあるらしく、女の子たちはまるで誰かに言いつけられたように忠実にそれを守って、物騒と言われるビル街を闊歩してゆく。

　ツガワがその集団に加わったことは一度もない。一ヵ月の出向から帰ってきたら、その集団帰宅のシフト表がロッカールームの入り口のドアに張られていた。秋口まで配属の係が決まらず、あらゆる部署をたらい回しにされていた上に工場出向まで命じられたツガワを、それぞれの仕事の終了時刻に合わせて組んでいた班に組み込むというのも無理な話ではあったが、配属が決まりおおよその帰宅の時間を割り出せるようになった後も、ツガワを誘う者は一人もいなかった。

　仕方がないのだ、年が離れてるから、とツガワは毎夜のように自分に言い聞かせながら、近代建築と高層ビルが一緒くたに建ち並ぶ界隈を心持ち猫背気味に帰りつつ、通り魔への恨み言を思った。おまえさえいなけりゃあたしももう少し浮かなかったかもしれないのに、云々。ツガワの職場は、郊外に本社のある社員数三百人を数えるそこそこ大きな印刷会社の支所で、ツガワはもともとその本社に入社したのだが、研修の終わりとともに支所へ配属されたのだった。当初こそ、ひなびた田園風景の中にたたずむ本社ではなく、交通の便がよく、いかにも洗練されたオフィス街の真ん中にある支所に通えることを喜んでいたが、郊外の地元採用の高卒の女の子たちが大部分を占め、職場の先輩のほとんどが三つ四つ年下であることがわかり、数ヵ月も経って自分が彼女たちに徹底的に馴染めていないことが身に染みてくると、どうしてこんな閉鎖的なところに配属されたのか、本社で営業をするほうがよかった、と人事を恨むようになった。ツガワと同じように、大卒で支所に配属された者もいるにはいたが、働いてる係が違っていたし、ツガワより年が上なぶん、そつなくやっていけているようで、それもツガワの自己嫌悪を煽った。

喫煙所の方から、あたしのすっごい増えてたからうちから新しく瓶持ってきた、うそっ、ほんと、じゃああたしの死んじゃったからちょうだいちょうだい、とかしましく言い合う声が聞こえた。今はなぜかヨーグルトの培養がはやっている。V係長の友達の友達が、菌を国内に持ち込んだ教授の知り合いの知り合いなんだそうで、社内では人から人へと渡ってきた菌がめぐりめぐっている。菌を配り始めたV係長によると、本社へは絶対渡さないとのことで、教授へとつながる身元の知れた菌を保有するのはこの支社にいるものの特権なのだそうだ。V係長は、よその人間には株分けせず、自宅にも持ち帰らないという条件で、支所じゅうに菌を配布している。

うちのは二リットルペット一本ぶん増殖しました、主食がヨーグルトと言っても過言ではないです、母親におすそ分けしようとするとさすがにもういやな顔をされました。

話しかけられたわけでもないのに、なんとなく頭の中で話に入っている自分がまぬけで、小雨の降る町の風景は余計に陰気に見えた。ツガワもヨーグルトを育てていたが、それは百貨店で買った菌のものだった。

携帯電話で時間を確かめると、さぼり始めてからかなりの時間がすぎていたので、小走りでエレベーターホールに戻った。V係長の帰社はそういえば今頃だと予定表に書いてあった。そんなことを思い出すと、ツガワはほとんど目に涙を浮かべながら、なかなかやってこないエレベーターの現在位置を表すプレートを眺め、さぼりに耽っていた自分を責めた。かといって、席に戻ってもただ下請けからの電話を待つばかりで、直属のP先輩も合間に仕事をふってくれるなんて気の利いたことはしてくれるはずもない。そもそも仕事待ちの姿勢が悪いのだと上司達はよく咎めたが、ならPCのメンテでもしようと誰も使っているところを見たことのないパソコンにデフラグをかけていると、なんで勝手なことをするのと死ぬほど嫌味を言われた。後で観察すると、ツガワに文句を言った同じ係のQ先輩は、V係長に仕事を干されたときはそこで一日中チャットをしているということがわかった。

やっと開いたエレベーターのドアを、顔を歪めてくぐる。ナガトさんと居合わせやしないかと思う。ツガワの職場より三階上にある、薬品会社の営業所に勤めるナガトとは、夏の終わり頃から一緒に昼ごはんを食べに行くようになった。ただしそれは、ナガトが外出していない時に限られたことで、週の半分以上はツガワは一人で昼食を食べていた。べつにそれ自体は苦痛というわけでもないのだが、ナガトにいろいろ職場の話をするうち、文脈のようなものがナガト向けの話の中にできてくると、何かあるたびに彼女に話をしたいと思うようになってきていた。ナガトはツガワより四つ年上で、社内に自分の話をまともに聞いてくれる先輩がいないツガワには、感じた不満をほぼリアルタイムで伝えられる貴重な相手だった。ツガワが自社の先輩に「話をまともに聞いてもらえない」と感じているのは、そのほとんどが年下の女の子だったということもあるし、少数いる年嵩の社員も、皆V係長とつながっていると思うと、ツガワのほとんどのストレスがV係長と関わることに集中している分、それら一切を打ち明けることはできなかった。

席に戻る前にホワイトボードの予定表を確認すると、V係長はまだ帰社しておらず、ツガワは安堵の溜め息をついた。

「ねえちょっとツガワ」

デスクとデスクの間の狭い通路を肩を落として歩いていると、ツガワに話をする時だけはめったに表情を崩さないP先輩が話しかけてきた。彼女から笑いながら話しかけられることなどめったにないので、何か朗報でもあるのかとツガワは精一杯愛想よく返事をした。

「ツガワさ、今月の仕事の件で、ずっとS印刷に電話かけてたんだよね、でもずっと留守電だったんだよね」

「はい」

そう答えると、P先輩は隣のQ先輩と顔を見合わせて堪《こら》えきれないように笑った。

「それ番号間違いだよ。さっき電話があって、ツガワさんて人から、すみません、本当にすみませんけど、K社の社内営業報告誌の目次の件でご相談があります、どうか連絡くださいって、すごいくらーい声で何件も何件も入ってるんですけど、私、S印刷とは何の関係もないですから、って」

P先輩と顔を見合わせていたQ先輩の笑い声が大きくなった。ツガワは、わたしも笑いたい、と思った。けれどこみ上げるものは何もなく、鼻息が少し震えただけだった。

後でよくよく確認すると、ツガワの原稿をもとに他社でデータを作ってもらっている目次のページ表記に間違いがあったのだった。本当は営業であるV係長に報告して伝えてもらうところなのかもしれないが、そんなことをしてこれ以上の不興を買っても、もう精神的に持たないと思ったので、報告誌の目次と中表紙と表紙だけを作っているS印刷の担当者に内々で相談しようと決めたのだった。その連絡の電話をかけ始めて今日で三日目で、留守番電話に十回ほどメッセージを残したのだが、それがすべて間違いだったとは。

ツガワは、今一度ウェブサイトでS印刷の電話番号を確認し、冷や汗をかきながら席の電話の受話器を取り、ゆっくりと番号を押した。目の前が真っ暗だった。もう終わりだと思った。間違った目次のままK社の社内営業報告誌が発行された次の日には、朝礼であの人に吊るし上げを食らう。人格を否定される。こんな間違いをする人間は次も失敗する。そんなのと一緒に仕事などできない。これから気をつけますといったところで限度は知れている。口先だけの謝罪など聞きたくない。

なら上司に訴え出ていっそクビにしてくれ、と叫び出したいけれど、それもありえないことだった。今ツガワが会社から放出されても、次に正社員なりアルバイトなりを雇うのはずっとずっと先のことになるだろうから。それこそ新卒が入ってくる来年の四月ぐらいにならないと話は進まないだろうから。そういうケチでのろまな会社なのだ。V係長としても、そんなことになってかわいがっているP先輩を苦しめるのは本意ではないだろう。なにより、自分が原因でツガワがやめてしまった、とP先輩に思われたくはないのではないか。もし自分がやめるとなるとどんなことを言われるのだろうと考えると、その途方のなさに頭痛がした。V係長は、六月に校正班を一つ潰していた。三人の女子社員で構成される班をまるごと一つ追い込んだのは、攻撃の対象を小さなサークルの中へ囲い込むことで、その外にいる者に安心感と、裏腹の畏怖を与えて自分の力を誇示しようというV係長の戦略だとツガワは思っていた。そこまでする人間の意図に逆らって、無事でいられるわけがない。

だから、そこなら直しときましたよ、とS印刷側の担当者があっさり言ったときは、ほとんど発熱でもしたようなぼうっとした安堵感を覚えた。本当ですか？　どうしてですか？　と訊き返すと、担当者は少し苛立ったような口調で、そりゃうちの社内でもそのぐらいの確認はしますよ、と答えた。

「そういうもんなんですか？」

「おたくはしないんですか？」

若い声音の男の担当者は早く話を切り上げたそうにしていた。ツガワは、いえ、します、します、と上ずった声で答えて、お手数おかけしました、ありがとうございましたと受話器を持ったまま何度も頭を下げて通話を切った。

言いつけられたとおりにするならば、この話し合いはV係長を通さないといけないものであり、S印刷に連絡をとるのはツガワの役目ではないので、まるで裏取引を持ちかけるような気分で電話をかけたのだが、こんなに簡単にいくものだとは思ってもみなかった。

額に滲んだ汗を拭いながら、進行中の仕事の資料の整理を始めると、電話待ちをしていた下請けから連絡が来た。得意先から入ってきた朱書きの意味がわからない、という内容だった。

「この中黒を花にしてくれっていうことですよねえ」

「でも、一緒についてきたデータのお花だと、かなり隣のフォントと比べて大きくなって、不恰好ですよ？」

「そうなんですかあ」

「小さくすると潰れちゃうしね」

ここ数ヵ月ほど一緒に仕事をしている下請け先のパートさんは、話し方のやわらかいのんびりした人で、だからといって仕事ができないということはなく、不測の事態にもヒステリックにならず、細かい部分もちゃんと見ることができるので、ツガワはひそかにこの人と仕事の話をしているほうが社内の人間と喋ることよりも楽だ、と感じていた。

「困りましたねえ」

「同じような別の画像に差し替えていいんでしたらそうさせていただきますけど」

「そうですね、じゃあ、そのデータを送ってもらえま……」

手元の書類に影が落ち、ツガワの言葉が止まった。V係長が、若干の化粧崩れを眉間に滲ませ、冷たい目つきでツガワを見下ろしていた。

「あんた何だらだら話してんの？」V係長は、ツガワの手元の資料をひったくり、吐き捨てるように続けた。「何だらだら話してんのって！　ほら答えなさいよ、どうせわかんないんでしょ、どうせあんたにはっ、あたしが話すわよ！」

V係長は、ツガワの手から受話器を奪い取って、てきぱきと、わざとらしいほどてきぱきとした口調で話し始めた。いくばくかの言葉を継いだが、要約すると得意先にいったん問い合わせます、ということで、下請け先が探した別の画像云々の話は即座に流れた。驚いたのは、どう考えても電話の向こうに筒抜けになるということがわかる状況で、V係長が罵声を浴びせてきたことだった。

おかしい、とツガワは思いながら、周囲を見回した。P先輩は一瞥すらせず、先ほどQ先輩と談笑していた影もなく仕事に没頭している。Q先輩もそれに同じで、他の同僚や先輩も皆、先ほどフロアに響き渡ったV係長の悪態などなかったかのように働いている。

「どこ見てんのよ？　あたしが話してんのよ？」

「いや」

思わず口をついて出た否定の言葉を、ツガワは背中に汗を滲ませて後悔した。

「失礼じゃないのあんた人が話してんのに、あたしも昔仕事の話してるときによそ見して先輩に怒られた。いや、じゃないよ。顔を歪めんなよ。あんたは失礼よ、失礼。さっきの下請けとの会話なんなのよ。ちんたらすんなよ、ちゃんと下請けに伝わるように話してんの？　あんたは朝のスピーチすらまともにできてないじゃない。わけがわかんないのよ、言ってることのわけがわかんないのよ！　わかる？　わからないのよ！」

V係長の声は、耳から入り込んだ海水のようにツガワの脳にくまなく行き渡り、その思考力を、判断力を、尊厳を奪っていった。目に映るV係長の顔の像は歪み始めながら、眉間に寄った皺の中にファンデーションが入り込んでいる様子ばかりがツガワの脳裏に映し出された。彼女は腕を組んでツガワが口を開くのを待っていた。蟷螂《かまきり》のように。鰐《わに》のように。

「申し訳ないです。これから気をつけます」

うつろな目を泳がせて、ツガワは言った。Ｖ係長は溜め息をついて無言で踵を返し、自分の席へと戻っていった。

ツガワは棒立ちのままうつむき、このまま足元から溶けて床に飲み込まれはしないだろうかと願った。もちろんそのようなことは起こるはずもなく、せわしなく歩き回ったり受話器に向かって話をしたりするフロアの人々の中で、ツガワ一人の周りの時間だけが止まってしまったようだった。笑い声をたてる者がいたほうがまだましだとすら思った。まったくもって、誰もが何があったかについて一切関知しないかのごとく振る舞い、ツガワは世界からずり落ちるように怒声の反響の中に取り残された。

ほとんど永遠とも思えるような立ち竦む時間を経て、ツガワはおもむろに息を吸い込み、処理するための書類を手にとってさばきながら、オフィスの後方にあるコピー機のところへとのろのろ歩いていった。時計を確認すると、自分がなにもせずに立っていた時間はほんの二分ほどで、我ながら立ち直りに優れた模範的な社員だと自分の心の奥にすら届きもしない皮肉を思った。こんなことは今まで何度もあった。今日の出来事の特殊なところは、ツガワの無能ぶりがよその会社にまで流出したことであって、それがいったいこの職場にとって、Ｖ係長にとっていいことなのか悪いことなのかは判断しかねた。少しでも手を抜くと、下請けのそちらもこういう悪罵を受けます、気をつけなさいよ、ということなのだろうか。この職場でのキャリア十六年を誇るV係長には、まだ入社十ヵ月にも満たないツガワには想像もできないような深遠な意図があるのだろうか。

ひたすら考えながらコピーをとっていると、誰かが軽やかにツガワの背中を叩いた。ただそれだけで救われたような気分になって、なるたけ焦燥を取り払ったフラットな顔つきで振り向くと、デザイン課のL先輩が立っていた。ツガワは、どうしても話を先ほどのことから離したくて、雨、ほんとによく降りますね、傘ないんですよわたし、などと当たり障りのないことを口にした。L先輩は、そうだよね、と同意しながら、ツガワのコピーに挟まって出てきた自分のプリントアウトを手に取って検分しながら、ゆっくりと、どこか憐れむような目でツガワを見遣った。

なんと言って否定しよう、とツガワは思った。いえいえあれしきのことは。わたしはまだ至らないところだらけで、出向に出されたからかな、どちらにしろがんばります。

「Vさんね、ツガワのことを思ってああ言ってるんだよ。ある意味目をかけられてて幸せだよ。がんばってね」

L先輩は、もう一度ツガワの背中を叩いて自分の席へと戻っていった。

否定を口にせずにおこうにも、そもそも自分にはそんな機会そのものが与えられていないのだ、とツガワは悟った。何を今更、とツガワは額に滲んだ冷たい汗を手の甲で拭った。水分を取ってから間もないのに、やけに口の中が乾いた。喉の奥の唾は苦く、妙に泡立っていた。

午前中に、今日のお昼はこっちで食べますよ、というメールがナガトから入っていたので、ツガワはいつも待ち合わせする文化財に認定されている建設会社のビルの一階のカフェへと向かった。奥の席から手を振るナガトの目の周りには、いつもと同じようにひどいくまができていた。

「友達が子供服の会社に勤めてるんですけど、タイに縫製を依頼してるんです。で、ファックスとかメールで簡単な英語のやりとりをするんですけど、それを染めてくださいっていう意味の、プリーズ・ダイ・イット、このダイってDYEのダイ、じゃないですか、これを友達はDIEって書いて半年ほどずっと送ってたんです。それを死んでください、って書いて」

顎についたチョコクロワッサンのチョコレートをナプキンで拭きながらツガワがそう言うと、ナガトは斜め下を向いて口を押さえた。

「で、それを最近指摘されたんですけど、そのタイ人との作業以外での会話はそれ一回きりで、その後も何事もなかったように仕事上のやりとりは続いてるわけです。向こうが笑ったとか、こっちが恥かいたとか、そういう感情的なことはまったく抜きにして。でもまあ人生はそういうもんだよなあっていう。ばかみたいな恥をかきながらもそれは続くわけですよ。遠い空の下でアホにされながら、それでも会社員は仕事をするんだよなあ、わたしも見習いたいです、っていう話。で、なんかこれは、どれだけ打ちひしがれても人間全体としては災害から立ち直ったりするのに似てるなあ、と思って、最後にそう付け加えました」

わけがわからないと言われた朝礼でのスピーチの内容について、ツガワが言葉を切ると、ナガトは、グラスの底に残った柚子の皮をスプーンで押しながら、ふうんとうなずいた。

「そのぐらいの飛躍ならうちの後輩の子ならしょっちゅうかなあ」

今日は星占いの結果が悪かったんで、社のために一日何もしません、と言った新入社員がいたのだという。で、ほんとにその子はろくにフロアにいなかったんだよね、一ヵ月で辞めちゃったけど、とナガトは最後の果汁の出た柚子茶をすすった。

「なんかまあ、怒鳴りつけられるたびに、毎日この人電車の中でいやなことあったんだろうなあ、とか、得意先で死ぬほど文句言われてきたんだろうなあ、とか、いちおう考えるようにしてます。身内に不幸があったとか。だったら何人死んでんだよって話になるんですけど」

その考えはまったく、ナガトに伝えるというよりは、自分に言い聞かせているようだとツガワは思った。

「身内に不幸って、でも流産したことあるんだよね、その人」

ナガトは、ターキーのサンドイッチのフィルムを細長くたたみながら顔を上げた。ツガワは、本人から直接きいたわけじゃなくて、又聞きですけどね、と口をとがらせて小刻みにうなずいた。

V係長が声を張り上げ後輩達をしごくのは、彼女がもう子供を産めない体であり、だからこそ仕事に生きるという決意を胸に秘めているからなのだ、というようにツガワ以外の同僚は考えているふしがあった。死んだ子供の父親については、彼女をこっぴどく捨てたとか、いや亡くなったんだ、などの憶測が乱れ飛んでいる。一様に言えるのは、皆の頭の中ではV係長に関する大いなる悲劇が展開しているということだった。彼女は、入社して一定期間が経過した見所のある女子社員を召し上げるように食事に連れて行き、その打ち明け話をするようだというのがいろいろな人の話を接ぎ合わせた上でのツガワの見解だった。そのイニシエーションを受けていない自分には見所がないということだとツガワは半ば諦めており、疎外感はあるが、逆にまだ指紋は取られていないかのような不思議な安堵も感じていた。

「そのことはみんな知ってんの？」

「女子社員はたぶん九割がた。みんな同情してますよ。わたしはなんていうか、主だった社員じゃないから。先週その人が社内満足度アンケートっていうのまわしてたんだけど、その経路からも外れてたし」

あんた達の本音がききたいの。それをあたしが上の人間にぶつけてきてあげる。V係長はそう胸を張っていた。

「わたしがいちばん最初についてた課長に対して、『一度でも女の子たちと本気で向き合ったことがあるのっ？』って怒鳴りつけたことがあるらしいです。それでV係長には、上に対しても物怖《ものお》じしない、末端の女子社員の代表としての体面が保証された。まあその課長はわたしが入った二ヵ月後に体壊してやめちゃいましたけど」

「その係長さんがツガワさんと向き合ったことはあるの？」

「さあどうでしょうね」ナガトの素朴な言葉に、ツガワはソファに沈み込んで頭の後ろで手を組みあくびをした。「話し込んだことはあります。駅のベンチで二時間ぐらい。今の係について初めの頃。とにかく一所懸命仕事しようとしてたときにね。『あたしがあんたにきつく言うのは、あんたがそうやっても拗ねずにがんばると認めてるからよ、たとえば他のもっと女の子らしい子、Jなんかは、怒鳴りつけたらきっとしぼんじゃうからそういうことはしないの、十何年もやればね、見えてくるのよ、後輩にどう接したらいいかは』なんてね、とんでもないですよ。わたしだって拗ねますし、簡単にやる気もなくなります」

ナガトは、氷の入ったグラスをからからと振りながら、ていうかいい大人が駅のベンチで二時間も話したの？　と首をひねった。ツガワは、たぶんそのぐらい、と口をとがらせてうなずいた。

「まあ、何かあったらあたしが守ってあげるっていってましたけどね。この会社は狸や狐ばっかりだって、誰も彼も、社員の女の子たちを使い果たすことしか考えてないって」

守るも何も、ツガワが晒されているのはV係長自身のむらのある態度であって、その時はただ絶句するしかなかったのだった。大量採用の新卒で入った会社が社員を浪費することしか考えていないというのはもとより承知のことだった。そのうえで社会人としての経験を積み、どれだけ会社というものが末端を犠牲にするかを見極めたうえで、よりその度合いが低い会社をさらに選んでもかまわないとツガワは考えていた。どこでもいいから、這い回るような営業をやらされる内定の取りやすい企業でもいいからとにかく入って一年我慢したら、新卒の学生よりはましになってるよ、という、就職活動の頃に行った合同説明会の係員が言っていた言葉をときどき思い出すのだが、V係長は何か、会社の歯車のひとつとして目をつけた社員に厳しく接するのではなく、もっと個人的な理由があってそうしているようにツガワには感じられた。だから、これがはたして社会勉強になっているのだろうかと疑問に思うことも多かった。

「上司への不満をやたらに聞きたがるんでしょう、その人。そのうえで、自分が解決を請け負って、下の人間の信頼を集め、彼らが上を見上げるときは必ず自分というフィルタを通させるように仕向ける。で、そのフィルタになにを書き込もうとその人の自由ってわけなのかもね」

「彼女が何かを解決したためしはないです。ただ、とにかく、会議で怒鳴ってきたと、そう伝えるだけで」

まあ、そうすることによってより社員が搾取されることへの抑止力になってるのかもしれないけど、とナガトはテーブルの上で腕を組んでうつむいた。

「直接一緒に仕事をすることがない人の中には、流産のことも加味して、悲劇を内に抱えながら仕事の信条のために上と戦っているっていうふうに見ている人もいます」

「そう思おうとしてるだけかも」

天井を見上げながらナガトが呟くと、背中をなにか冷たくて毛むくじゃらのものが走っていったような気がした。ツガワはそれを打ち消すように少し頭を振って、軽い話題を探した。

「そいやね、おとといなんかまた先輩達と係長が職場の文句言ってたんですけど、たまたまわたしの席の近くでのことだったから、こっちにも一応話を振ってくれたんですよ。で、あんたはなんかやってほしいことないの？　ってきかれて、置き菓子サービスやってくれたら終電まで残業しますよ、って答えると、何それってすごい不機嫌になられました。そういうサービスがあること自体知らなかったみたいです」

「今朝行ってきたとこにはあったよ。ここの近くのトガノタワーん中にあるとこ」

薬の卸売会社の営業職についているナガトは、最近同期が一人やめたので本来のドラッグストア回りのルートだけでなく、置き薬のメンテナンスの仕事を増やされたという。おかげで、いつも休憩所の窓から覗くだけだったトガノタワーの内部のことが、そこを営業先にするナガトを通じて少しずつ明らかにされてきていた。最近は、地下一階に開設されたごく小規模のカフェのテナントばかりを集めた迷路のような一画がフリーペーパーなどで話題になっており、行ってみたいものだとツガワはつねづね考えていたが、帰宅時刻には疲れきっていてタワーを訪れる余裕もなく、また休日に職場の最寄り駅で降車するなどもってのほかで、まだ一度もタワーに足を踏み入れたことはなかった。その話をすると、ナガトは、わたしはまあ行ったけど、と答え、いいなあいいなあとツガワは派手にうらやましがった。あんまりうらやましがるので、ナガトはやりにくそうにしながら、自分がタワーの中のどの企業を回っているかについての説明をし始めた。

「雇用環境促進公団ならね、わたしは最終まで行きましたよ。あそこそんなにいろいろ置いてるのか、くそ」

お菓子どころか置きアイスクリームの冷凍庫まであるよ、とナガトが指摘した団体の話になると、ツガワはテーブルを叩いて悔しがった。自分が最終面接で落ちた雇用環境促進公団がタワーの中に移転したことは知っていたが、そこまで至れり尽くせりなのかと思うと興味がわいた。

「最終までいってなんで落ちたの？　女子だから？」

「転勤できるかってきかれて、できませんって馬鹿正直に答えちゃったんですよ」

なんであんなこと言っちゃったのかなあ、わたしも外に出たいなあ、営業だったらよかったなあ、とぼやきつつも、その仕事が自分に向いておらず、辛いものであることはツガワにもよくわかっていた。ナガトと関わるようになってそれは以前より強く実感するようになった。

ナガトは多くを語りはしないが、その言葉の端々からかなりきつい仕事をしているということはうかがわれた。ルートを増やされたのは、上司の信頼が厚いからとはいえ、その上司はナガトの仕事ぶりや従順さに依存しているように感じることもあった。ナガトの上司であるZ部長とは、一度だけ昼食を共にしたことがあるのだが、ナガト君はよく働くし、近頃の若い子にしては珍しいぐらい物分りのいい良い社員です、と自慢していた。上司とは折り合いの良さそうなナガトだったが、同僚の同期らしき男たちと店で一緒になったときは、違うテーブルでごはんを食べていた。ツガワとナガトの座っていた席の真後ろにいた彼らは、ことあるごとに大きな笑い声を上げた。前日に行ったらしいキャバクラの話をしているようだった。彼らとは対照的に、無言で蕎麦をすするナガトの顔は引きつっていた。今の部署で女子の総合職は自分ひとりなのだという。同期の中で一番上のポストにいるのはナガトで、飲むとそのことをあてこすってくる連中がいるから、会社の飲み会はもう三年ばかり欠席している。

同期も後輩も簡単にやめていく、とナガトは言う。やめないやつは要領ばっかり良くて、まあ誰も頼りにはならないかな、と女子ばかりの職場に勤めていることを嘆いているツガワをナガトはなだめた。それ以来ツガワは、内勤のつらさも外勤のつらさも平等なのだと考えるようになったが、それでもナガトさんは上の人と仲が良さそうで、それはうらやましいとツガワが言うと、ナガトは、どうにかならないかなと思うことはあるよ、とうつむいて答えた。どうにかって？　とツガワが訊き返すと、まあ、どうにか、とナガトはあいまいな笑みを浮かべて話をそらした。

その日は二人とも頼んだものを早めに食べ終わってしまったので、昼休みはまだいくらか残っていたが、後がつかえていることを慮《おもんぱか》ってさっさと席を立ち、界隈をぶらぶらすることにした。いつも渡るそれより一つ北にある高速道路の下の橋の上で、ホームレスと思しき老人が文庫本を売っていた。ナガトはそれを一冊買って、中身について云々することはなくバッグにしまいこんだが、垣間見えた肌色の背表紙のタイトルはイギリスの古典小説のもので、なにしろこのへんは妙だ、とツガワは頭を振った。その橋のたもとの電柱には、『通り魔注意』と地元の商店主組合の署名入りで書かれた貼り紙がされており、ツガワは、よりによってこんなにみんながストレスをためてるとこでやることないと思いませんかっ、とカロリーを摂取した勢いに任せて怒った。ナガトは、まあね、よりによってね、と笑った。

「こいつのせいでね、わたしのハミってる具合が二割増しですよ」

ツガワは貼り紙を引き剝がそうとして、しかし敵である通り魔への注意喚起はやはり牽制のためには大事だと思い直して、そのままにしておいた。風向きが変わり、川の臭いが鼻腔に滑り込んできてツガワは顔を歪めて足を止め、憎々しげに橋を振り返った。大きな流れから分岐した奥行きのないその下の淀みは、動くこともなくただ灰緑色に横たわって異臭をまとうだけだった。ツガワはその地形に何か怒りのようなものすら感じながら、再び仕事に戻るために歩き出した。ほんの少し頭を上げるだけで、職場のあるビルの向こうのトガノタワーが目に入った。六角錐の天辺《てっぺん》は曇り空を抉るように聳え立ち、ツガワの仕事先の入ったビルは、まるで黒々としたその胴体への入り口にすぎないようにも見えた。

「本当に、毎日仕事以外何にもなくってさ」ナガトが呟くのが聞こえた。「通り魔がわたしを殴ってくれたら、会社に来なくていいのかななんてこと考える」

ツガワは、ナガトの言葉の重い響きに耐え切れず、その腕を摑んで大げさに揺すぶった。

「どうせならもっと前向きなイベントについて考えましょう、たとえば身なりは地味だけどよく見たらそこそこかわいい男の子に電車の席を詰めてもらえるとか」

ツガワの言葉に、なんだそれ、と言いながら、ナガトはどこか肩の力が抜けたように笑った。


第一報は、テレビをつけたままソファで眠りこけていた時に入った。最後に観たものは確か天気予報で、台風が近づいているとのことだった。来月分の製版用のフィルムを本社工場に出し、実質仕事は終わったようなものなので、もうあまりV係長と話さなくていい、と安心しきっていた。最初の連絡はP先輩からで、フィルムが一枚ないと本社から電話が入ったのだが、知らないか、と言う。塩をぶちまけられたナメクジのように急速に眠気がしぼんでいくのを感じながら、知りません、とツガワは答えた。そのまま携帯電話を握り締めて茫然としていると、V係長からの着信があった。このまま携帯をへし折って逃げ出したい、という抗いがたいほどの衝動に駆られたが、ツガワは何か、死を覚悟するような心持ちで通話ボタンを押した。

そこからの三十分は、思い出すだけでも体温が下がるような罵倒の砲火が電波を通して浴びせられた。冷たい汗が足の指の間から湧き出し、腕に鳥肌を立てて目に涙を浮かべながら、ツガワは耳に飛び込んでくる一言一句の語尾にすみませんと添えた。

すみませんじゃないわよ！

すみません。

あんたこんな取り返しのつかないことしてどうやって責任取んの！　ちゃんと確認したの！　責任を持ってちゃんと確認したの、ええ、どうよ、給料分働いたの？

すみません。

すみません以外になんか言うことあんじゃないのっ？

……。

何とか言えよ！

申し訳ありません。

あんたなんかやめてしまえばいいのに。

……。

やめればいいのに。ねえ、やめれば？　やめるべきよ、やめれば？　稼いでる金のぶん働かないんだったらやめれば？

……本当に申し訳ないです。

まともにはたらく五感は聴覚だけになり、ツガワは自分が存在しているのかしていないのかすらあいまいになっていくのを感じていた。

膝に携帯電話を落として、初めて通話が終わったことを悟った。ツガワはうつむいて額に手を当て、その冷たさに驚き、数分そのままの体勢でいたあと、のろのろと身を起こしてソファを降り、パソコンに向かって退職届を打ち始めた。今の自分に出来ることは、息をすることの次にはそれしかないように思えた。

次の日の通勤では、地下鉄に乗る時はいつも以上に車両と線路の隙間ばかり見ていた。今の自分ではそこに爪先を入れることすらうまくいかないのではないかと、吊り革に両手でつかまりながらツガワは思った。

フィルム紛失の件は上役にも知れ渡っており、部長と玄関で出くわすなりツガワとP先輩は朝礼も返上でその捜索を命じられた。とりあえずロッカールームも素通りしてコートも脱がないまま自分の席に着くと、V係長が待ち構えていた。今日の仕事としてデスクの上にメモを添えて出してあった書類は、残らず傍らのファイルボックスに突っ込まれていた。

「あんなに散らかってればそりゃ失くすもんもあるわよね」

ツガワはうなずいた。もう自分の何もかもが悪いのだと思った。次の日の仕事の書類を前日に整理して、そこに自分自身への申し送りの付箋を貼らないとうまく事を運ぶことができないような愚鈍さは、まったく責められるべきものだと思った。だからフィルムも失くしてしまうのだ。失くしようのないものだって失くしてしまうのだ。

手始めに、デスクの周りを調べさせられた。そこにあるものの最大のサイズがA3で、探しているもののサイズがB3であっても、そんなことは何の関係もなかった。自分のデスクでフィルムを見ることは社内で禁じられていることであっても、なのでたとえその場にそれを持ってきた記憶がまったくなくても、デスクとキャビネットの隙間にフィルムを落とし込んでしまった可能性は充分あるように思えた。そんな手の込んだ不注意を、自分ならするのではないかと思えた。話し合わなければいけない、とV係長がP先輩に言っているのがきこえた。胃のあたりが焼けるように痛んだ。

その次に探すように言われた場所は、昨日フィルムを確認していた打ち合わせ用のデスクの周囲だった。その上に何も置かれていないデスクに、四脚の椅子がついているだけのスペースを指差して、V係長は、探せよ、と言った。ツガワは、もう一目で落ちているものなどなにもないことがわかるその場所に座り込んで、パーティションの隙間や観葉植物の裏を探し始めた。V係長の怒鳴り声が聞こえた。

「そんなところにあるわけないじゃないっ!」

「すみません」

ツガワは立ち上がって頭を下げた。もうこうなったら虱潰《しらみつぶ》しに探すしかない、とV

係長はツガワを連れて、フロアの隅へと大股に歩いて行った。ツガワの身長より五割増しは高い、過去の資料がぎっしりつまっている書棚を指差してV係長は、あの中のファイルを一冊一冊開いて確認して、と言った。ファイルはすべてB4サイズのもので、B3のフィルムがその中に隠れている可能性はありえなかったし、そもそもツガワはその書棚に触ったこともないのだが、とにかくそれでその場が取り繕えるのなら、とツガワはステップに乗って最上段の右側のファイルに手をかけた。しかしぎゅうぎゅうに詰め込まれたファイルは、台の上に乗った力の入らない不安定な状態の手つきではなかなか抜き出せず、ツガワは額に汗をかきつつV係長の冷たい視線とP先輩のぼんやりした顔つきを目の端に、何度も何度も隣のファイルを押しのけようとしたりしながら取り出そうとした。V係長とP先輩以外の同僚の目も感じた。もう自分は、大事なフィルムをなくした上に、書棚からファイル一冊取り出せない役立たずだと思われているのだ、とツガワは絶望した。

　ほとんど働かない頭を振って、少しずつこちらのほうに突き出てき始めたファイルと格闘しながら、ツガワはフィルムが来た当初のことを思い出した。配送員の顔がまず浮かんだ。これで今月の工程が終わると喜んでむやみにへいこらしながらフィルムの入った袋を受け取り、それを脇に抱えて、打ち合わせ用のデスクについた。本当は来たフィルムを一枚一枚確認しながらチェックマークを付けていく紙があるのだが、べつにやらなくてもいいよ、とP先輩に言われていたので、とにかくフィルムのそばを離れるのがいやだったし、ツガワは席に取りに戻らないことにした。その代わり、取り出したフィルムを見たそばから袋にしまっていくことにした。内容については前日に下請けから来たファックスで確認済みだった。担当になってまだ二回目の仕事だが、とにかく初回の時よりはスムーズに進行したことをツガワは喜んでいた。フィルムのチェックは、文字がぼんやりしているところや欠けているところを見たり、表面にゴミが付着していないかを探すという一目でわかる単純作業だったので、ものの十分ほどで終わった。問題は何もなかった。

今日はこれからどうするのだろう、とツガワは思った。紙面の仕事が終わったとはいえ、それをHTML化した社内サイトのデータの校正もしないといけない。すべてのリンクが正しく動作するかをチェックするのは億劫な作業だったが、得意先と直接やりとりをするので、営業のV係長との絡みがないだけましだった。フィルムを探し出すまでその仕事はできないのだろうか。それとも、いつか解放されてその作業をこなしたあと、またフィルム探しに戻るのだろうか。ツガワはぼんやりとそんなことを考えながら、やっとファイルを引っ張り出し、作業机の上に置いて立ったまま中身をめくりだした。座ってはいけないような気がした。

「ほんとに話し合わないと」V係長は腕組みをして、吐き捨てるように言った。「あたしこの仕事長いけど、こんなこと初めて。こいつが初めてよ」

V係長が、P先輩に向かって顎でツガワを指し示すのがわかった。P先輩は、あたしも初めてです、と鸚鵡《おうむ》返しに言った。ツガワは、腰が痛み始めるのを感じていたが、それでも座ることができなかった。なに座ってるのよ、あんたにはそんな権利ないのよ、と言われたらと思うと、そんなことはできなかった。

とにかく今日一日これをしのいで、帰りに部長のデスクに退職届を置きに行くことだけを考えながら、ツガワはファイルを出してきてはめくり続けた。だんだん自分が何を探しているのか、なぜこんなことをしているのかわからなくなってきた。

ふいに、もう長いこと自分が尿意をもよおしていたことを思い出し、ここで失禁でもしてしまったらそれこそ一生の恥だと、しかし勝手に持ち場を離れては何を言われるかわからないので、ツガワは意を決してステップを降り、一度だけ言えばわかるように、大きめの声でV係長に話しかけた。

「お手洗いに行ってきます」

P先輩となにやら話し込んでいたV係長は、ツガワを一瞥しただけで、また話に戻った。ツガワは、では行ってきます、と妙によく通る声で言葉を重ね、オフィスのドアを開けて廊下に出た。用を足したあとも、しばらくは便器に貼り付けられてしまったように立ち上がれなかった。いったい今まで自分はなにをしていたのだろうと考え、そもそもどうしてこんなことになってしまったのかと考え、こんなことになってしまってなぜあんなことをしているのだろうと考えた。ファイルをめくりながら、ときどき感じる同僚の視線がどうしようもなく惨めだった。同情しているような、しかし自分でなくてよかったとでも言いたげな。すべての目付きは一様に、かわいそうだけど悪いのはあなたよ、という諭しを含んでいるようだった。

まだ午前だというのに、職場に足を踏み入れてから起こったことが次々と脳裏に蘇ってきて、ツガワは頭を抱え、しかしそんなことをしていてはまた怒鳴りつけられるだけだと思い直し、トイレの仕切りに手をついて立ち上がった。

これからもおそらくえんえんと続くV係長とP先輩に見張られながらのフィルム捜索に耐えるために、せめて何か支えがいる、とツガワはロッカールームに立ち寄り、バッグのポケットに入れた退職届を取り出してじっと眺めた。退職の理由は、ただ一身上の都合とだけ書いておいた。どうせ提出したあと、何度も何度も気の遠くなるような回数の話し合いがもたれ、幾度となく同じことを説明することになるだろうから、書面に残す必要は無いように思えた。一晩考えた結果、表向きの理由は、祖父母の介護にしようと思っていた。

いったんV係長の磁場から離れてしまうと、そこへはあまりにも戻りがたいような気がした。ツガワは、長椅子に腰掛けて辞表を眺めながら、自分は何か前世で悪いことをしたから、今この仕事についているのだ、というような考えに捕まっていた。

入社してすみませんでした。そもそも入社試験受けてすみませんでした。よく研究もせずにこの業界を希望してすみませんでした。覚悟が足りませんでした。

ツガワは、膝の上に腕を置いて、そこに顔を伏せ、このまま消えてなくなりたいという思いに耽っていたが、まもなくドアノブが回る音がして、退職届を尻ポケットに突っ込んで立ち上がった。

にやにやとした笑いを口元に浮かべたV係長が、顔の高さに上げた手で小さい手招きをした。ツガワはしかし、そちらにどうしても踏み出すことができず、突っ立ったままその様子を凝視していた。V係長は何かを言いかけたが、携帯電話が鳴ったので、そちらに出た。

「もお、C君、そんなのだめじゃないのお。今のツガワの顔、写メって見せてあげたいー。まっさおよ。もー、笑える。うん、うん、そんじゃ台風近いらしいから気をつけてね。ばいばーい」

Cというのは、フィルムを持ち帰った本社の営業の名前だった。ツガワには、話の内容がなんのことだかまったく見当がつかなかった。口を開けて眉を寄せたままV係長の肩越しの壁を眺めていると、ふ、とV係長は軽い溜め息をついて大仰に肩を竦めた。

「結局ね、C君と本社の行き違いが原因だったの、今回のことは。六十三ページで終わりなんだけど、六十五ページあるようにC君が仕様書に書いちゃって」

V係長は、もう本当に焦ったー、と伸びをした。ツガワはその様子を目で追いながら、足元の床が崩落し始めたような感覚に襲われた。開いたままのドアから、P先輩が部屋に入ってくると、もー、見てよあのかおー、とV係長はツガワを指差して笑った。P先輩は、感情のない面持ちでツガワを見遣り、V係長の横に座った。

なにか間をつなぐことを探して、ツガワはロッカーを開け、とりあえずコートにくっついたマフラーの繊維をはらった。

「ま、でもあんたも悪いのよ。来たフィルムのチェックリストあったでしょう、あれをちゃんと書いてないから」

その言葉に、ツガワは反射的に回れ右をして、すみません、と頭を下げた。たとえそのリストを残していても、きっといいかげんにチェックをしたと言われただろう、とツガワは思った。別にそのチェックリストは作らなくてもいい、と言ったP先輩は、何も言葉を挟まなかった。

　結局、疑いは晴れて、終わりの見えないフィルム探しからも解放されたが、ツガワの気持ちは一向に軽くなる気配を見せず、それどころかより暗澹《あんたん》としたものが胃の中に広がっていくようだった。

　一礼してロッカールームを出て、得意先のサーバとつながったパソコンのある閑散としたスペースで社内サイトのリンク動作確認の仕事をしていると、V係長がまた傍にやってきて、今度はあまり甘ったるい調子ではなく、棘《とげ》のある言葉つきで言った。

「あんた、やめようなんて思ってんじゃないでしょうね」

　尻ポケットに退職届が入っていることがばれたのだろうか、とツガワは首を横にも縦にも振らず、ただうつむいたまま考えた。

「うちの会社、人手が足りないのはわかってるわよね」V係長は、中腰になってツガワの顔を覗き込んできた。ツガワは、顔をそらすこともできず、ただ虹彩《こうさい》をぐるりと回した。「変な気起こすんじゃないわよ。あの程度のことで、そんなになってんじゃないわよ」

ツガワは、ただ視界に入るV係長の顔から解放されたくて、小刻みにうなずいた。V係長は、満足そうに顔を離して、これからも力を合わせてやっていこう、とツガワの肩を叩いた。両腕を、鳥肌が覆いつくした。

リンク確認の仕事が終わって、ビルの休憩所に上がってからも寒気は止まらなかった。いつものように、自動販売機の陰に隠れて、窓の外を見るでもなくぼんやり眺めていると、喫煙所からP先輩とQ先輩の話し声が聞こえた。耳を澄まそうにも、うまく集中することができずにいると、大きな笑い声があがった。

台風が来るという前の空気は妙にクリアで、トガノタワーの内部の様子はいつもよりよく見えた。目を細めてタワーのオフィスで働く人たちを観察しているうちに、やがて窓からいちばんよく見える部屋の人物を目で追うようになった。階数からいってそこは、雇用環境促進公団が借りている一室に違いなく、壁面にぎっしりと印刷機が並べられた小部屋のようなところで、すらりとしたショートカットの女性がてきぱきとコピーをとっていた。あの人はできる人だろう、少なくともわたしよりは、とツガワは思った。P先輩とQ先輩が、またどっと笑い声をあげた。

自分はあんなにしゃんとして働いているだろうか、とツガワは思い、ためしに両方のかかとをちゃんと床につけて、背筋を伸ばしてみたが、尻ポケットにお守りのように入れた辞表が背中につっかえるだけだった。ツガワは、その封筒を取り出して両手に持ち、涙で視界が滲んでくるまでまばたきもせずに凝視した。目をこすりながらまた窓の向こうに目を向けると、ショートカットの女の人は部屋の真ん中にある作業台の上の裁断機で、熱心になにやら切り分けていた。目を凝らして見ると、彼女はツガワとほとんど年が変わらないように見えた。少なくともナガトよりは年下だろうとツガワは推測した。彼女は、何十冊も作った資料らしきものを大きなステープラーにかけ、手早く端を揃えて部屋を出て行った。

ツガワは目元を袖で拭いながら、辞表を握り締めた。何度も何度もそれを部長のデスクの上に突き出すところを想像しながら、しかしどうしてもその細部と後先はぼやけ、すべては心の中で起こることにすぎないとこの巡り合わせが嘲笑うのを聞いたような気がした。

ボーナス月が終わればやめようと待ち構えている新入社員ばかりだ、と頭を抱えているナガトに、辞表を書いた話をするのは心苦しかった。おととい昼ごはんが一緒になったZ部長は楽観的で、別にあの子達が辞めてもそのぶんナガトさんが働いてくれるからな、と言っていた。ナガトは、働きませんよ、と笑いながら、暗い空洞のような目をしていた。そんな状況であるにもかかわらず、ナガトは、べつにいいよ、とツガワの話の先を促した。

「みんなが優しくなったような気がします」ツガワは、歯の奥に挟まった苦いものを舐め取っているような顔をして続けた。「二言目には、気を落とさないで、こんなことでやめては駄目、と」

思い出すだけで寒気がした。軽く優しく叩かれる肩や背中、憐れむような目付きののち、明るい語気。すべての同僚の反応が判で押したように同じだった。飲み会に誘われる回数が妙に増えたような気がする。ツガワはお昼に必ず外に出るけど、どっかいい店知ってる？　などと今になって訊かれる。これまでだれも自分になんて興味を示さなかったというのに。そんな中、P先輩だけは、ほとんどあの事件などなかったことのように振舞い続けていた。V係長は、はじめのうちは、災難だったよねえ、とか、ほんとにC君たら、とことあるごとにツガワにフィルム紛失についての話題を振ったが、目も合わせず歪んだ微かな笑いを浮かべるだけのツガワの態度に次第に物足りないものを覚えてきたのか、徐々に以前の高圧的な態度へとシフトしていった。前以上にツガワに関わってくるようになってきたV係長は、他の同僚と同じく、二言目には、あれぐらいのことなによ、やめようなんて変なこと考えるんじゃないわよ、と告げてツガワを怯ませた。そのたびに、心の端が腐り落ちるような感じがして、どうしようもなく怖かった。また「あれぐらいのこと」はあるかもしれない。小さな月刊の仕事での出来事であるからこそ、よけいに恐ろしかった。あと数ヵ月もしたら、大きな総合カタログの仕事が来る。そこでまたあんなことが起こったらと思うと、ツガワの額と背中の汗腺からはどっと汗が噴き出した。その時はきっと、こんな思いだけではすまないだろう。それはあまりにも気の滅入る想像だった。自分の葬式のことについて思い浮かべているほうがまだましだった。

仕事そのものの上でこき使われることは平気だった。そういうものだろうという覚悟は常にしていたから。しかし、あらぬ疑いをかけられ、それが晴れてもそこで溜めた憂さをどこにも持っていきようがないということは耐え難かった。あらかじめ、ツガワが所感を述べることを封じる方向へ話題を持っていかれるようにプログラムされているかのような状況は、ツガワの意欲を痩せ衰えさせるには充分だった。彼女達はそれを、あの親愛を込めた手つきや、元気出して、という言葉つきで行なうのだった。そんなことがこれから、幾度となく繰り返されるのかと思うと、そこに黙って座っていることすらままならないようにツガワには思えた。

「いっそのこと殺したいです」ツガワは、組んだ腕のあいだに頭を突っ込んで、震える声でそう言った。「でもこんなことで刑務所には入りたくない」

まるで小学生みたいな論法だ、とツガワは思った。

ならば自分が死んだふりをすればいい、という話に発展するのに、そんなに時間はかからなかった。問題が、V係長のツガワの耐久力への買いかぶりにあるのだとすれば、それがないことを証明すればいいのだということだった。テーブルの下で足を開いて伸ばし、カップを腹の上で持ち目を伏せて、ほとんど誰に語るというでもなく計画を話し始めるツガワの言葉を、ナガトはただうなずいて聴いていた。テラスの向こうの外気は、この時期にしては少しあたたかく、季節はずれの嵐をじっと待ち受けているようだった。

計画は簡単なものだった。ツガワがV係長に怒鳴られて既成事実が作られた日に、ナガトが営業から帰ってくる時間とタイミングを合わせて決行し、目撃者を装ってツガワの『精神的衰弱による自殺』を未遂にとどめさせればいいだけだった。

その日は、バッグを足元に置いて仕事をしているといって怒られた。何のためにロッカールームがあるのか、そんなことでは足をすくわれて仕事になんないじゃない、してないけど、あんたは、してないけど。ツガワはうなだれてその話をききながら、自分の中にいる他人がその標的になっているかのような感覚を味わっていた。それまでも、詰問されながら現実感を失うことはたびたびあったが、この日はまるで一個の作品の中にいるようだった。

あんたはこの妄想の中のとんでもないファンタジスタだ。まったく感心するよ。

「なんなのよその目付きは」

「すみません」

眠いな、だとか、うち帰りたい、といった言葉が会社に入る前のツガワに最も口に馴染んだ言葉だったが、今やそのランキングのトップを独走するのは「すみません」だった。

けどそれももう終わりだ、とツガワは大股で自分のデスクから去っていくV係長の痩せた背中を見送った。明日からはもうこんなとこには来ない、絶対に来ない。

定時を回って、まだ少し仕事は残っていたが、飲み物を買ってきます、とP先輩に告げてツガワは職場を出た。はーい、とP先輩は顔を上げずに、誰がそれを言っていても関知しないという態《てい》で応えた。この人のこういうよそよそしさとももうお別れだ。

季節はずれの台風は、急激に猛威を振るい始めていた。傘を低めにさしながら、柄を胸元に押し付けてジャケットの前を押さえた。ニット帽を眉のあたりまで下ろして雨を避け、ツガワは橋を渡り、河川敷の公園へと降りていった。突然、橋のたもとにあった通り魔注意の看板のことが思い出されて、ツガワは小さく辺りを見回した。

あくまでツガワの勘に過ぎなかったが、こんな晩は彼の中でも何か騒ぎ立てるものがあるだろうと思った。ツガワもまた、ほとんど胸苦しくなるほどの高揚を感じていた。自分は本当に何一つ裏切らずに来たのだ、という怒りが、胃の奥底で頭をもたげた。たまにさぼって近くのビルを覗く程度だった。残業代をごまかしたりすることはなかった。社内では誰の悪口も言ったことはない。取締役と不倫をしている、同僚からの評判が悪い年下の女の子に説教をされても、謙虚な気持ちできいていた。彼女は甚だくどくどしかったけど、頭ごなしに人を怒鳴りつけるようなまねはしなかったから。同僚が集まる飲み会で、彼女は話の俎上《そじょう》にのせられ、小指の骨まで砕かれるかのようにめちゃくちゃ言われていた。けれど誰も、誰一人、どの角の向こうででも、V係長のことを悪く言う人間はいなかった。

どうしてこんなことを思い出すのかわからなかった。川の臭気が立ち上り、ツガワは顔をしかめた。ナガトを探そうと顔を上げると、目印であるオレンジ色の傘が目に入ったので、ツガワは安心して溜め息をついた。

腰まで浸かればいい、シャツに泥水が沁みこむ程度で。

ツガワは、鉄柵を両手に握ってしゃがみこんだ。

腰までって、あれだ、ここ深さどのくらいなんだ?

ツガワは唾を飲んで、渦を巻く灰緑色の川を見下ろした。水の中へ降りていくコンクリートの階段には、汚い飛沫《しぶき》が絡みつくように打ち付けていた。階段の降り口は、ツガワのみぞおちぐらいの高さの鉄の門で塞がれていたが、前に実験してみたら乗り越えられないことはなかった。高架の影と夜の入り口の薄暗さが濁流の上で混ざり合うのをツガワは凝視し、その底知れなさにくじけて顔を上げた。高速道路の向こうに、トガノタワーの鋭利なシルエットが浮かび上がっていた。何かに似ているとツガワはしばし考え、小さい頃によくやったロールプレイングゲームのデモ画面にこういう風景があった、と思い出し、口の端を少し上げた。このままもし川に流されてしまい、本当に死んでしまったら、もうあそこには永久に入れないのだな、と思った。タワーのカフェ街では今、各々のカフェで千円以上飲食すると配布されるポストカードを六枚集めると、タワーに入っている洋服のブランドとのコラボレーションで作ったそれを収納するためのファイルとエコバッグがもらえるキャンペーンをやっている。先週駅のラックから抜いてきたフリーペーパーにその実物の画像が載っていた。ファイルとバッグにはそれぞれピンクと黄緑の二種類があり、その組み合わせは自由とのことだった。トガノタワーを見上げながらツガワは、なぜかそのことばかりをずっと考えていた。

ふと、前に見かけた彼女は、そのファイルやバッグをもらっただろうかと考えた。どうなのだろうか。そういうことに興味はないと言われても納得してしまうような、きりっとした人だった。ああでもやっぱり女の子は女の子だからな。

ことが首尾よく運んで、自宅待機になったらタワーに行けばいいのだろうかと思った。けれども一日で六軒もカフェを回れるわけもなく、きっと何度かに分けて来ることになるだろう。あまりこの辺りをうろうろしていて職場の人間にばれたら、それこそおしまいだ。キャンペーン期間は今週末までだ。もう無理だ。

タワーを見上げながらくどくどと考えていると、携帯電話にメールが入った。ナガトからだった。日を改める？ という文面に、ツガワは現実に引き戻された。柵につかまって川を覗き込みながら、せめて深さだけでも調べておけばよかったと後悔した。そのまま流されて死んでしまうのはやはりいやな自分がいやだった。

今日はやめにします、とツガワは、コートで携帯電話を覆って雨風をしのぎつつ、そんな文面を打ち込んでいた。

自暴自棄を徹底することさえできない。川に入らないということになると、途端に背後が気にかかった。通り魔が笑っているかもしれない。ツガワは身震いして、柵から手を離し、傘を両手で握り締めて風向きに逆らうように歩き出した。

こんなことだからわたしは、あんな疑いをかけられてしまうんだ。かけてもいいと思われてしまうんだ。

ツガワは、半ば茫然と高架の向こうを見上げながら河川敷から歩道に戻る階段に足をかけた。滑らないように気をつけながら、それでもずり落ちてしまうような予感が胸を掻き毟《むし》った。

師走に突入すると、ツガワの職場にもついに通り魔に遭ったという人物が出てきた。ツガワの所属する部署の部長は、勢い込んで自分の恐怖体験を誰彼となく触れ回る一方で、何か釈然としないものを感じているようだった。

「鉛管を振り上げてから、下ろすまでの間が恐ろしく長かったんだよ」

誰も耳を傾ける者もいなくなった後、部長は近くで自分の勤怠表を入力しているツガワに、もはや何度目かわからないその台詞《せりふ》を言った。大変でしたね、と応えるツガワに、大変だったよ、と返しながら、部長は腕を組んで首をひねった。

「私はね、なんていうか、彼の振り上げるフォームがあまりにも早くて、情けないことだが足が竦んでしまった」部長は、仕事の手を止めて、窓の外を覗き込んでいた。部長の視線の先には、橋のたもとの通り魔注意の看板があるに違いなかった。「一巻の終わりだ、と咄嗟に思ったんだけど、そう感じている時間がとても長かった。自分と彼の間に流れる時間が、周囲の時間よりもゆっくりなような気がした」

同じ内容についての言葉を重ねるごとに、部長の物言いには妙な洗練を帯びていくような印象があった。

「はなっからやる気がなかったんじゃないすかね」

ツガワは顔を上げて、口をとがらせた。部長はモニタ越しにツガワを見遣り人差し指を立てて、そうだよ、それだよ、と何度もうなずいた。

「殺意がないとしたら、なんでそんなことをしていると思うかね？」

「さあ、趣味なんじゃないでしょうか、ただ、自分が悪いことをしそうになってるって状況に、何か感じ入るものでもあるんじゃないでしょうか」

だとしたらまあ、わからないでもない、と自分自身も取引先の機密書類をわざと電車の中に置き忘れたい、という欲望に駆られることのあるツガワは思った。

「そうだなあ。でも何か、殴ってしまってもいい、というような気迫も私は感じたな。殴っても殴らなくてもいいんなら、殴りたい、という」

「それ立派に殺そうとしてるじゃないですか」

「そうだよ、だから私だって怖かったんだ」

部長は肩をすくめた。

「実際、狙ってる人間がいるんですかね。最低でも脅しつけたい人間が。無差別にやってるふりして」

「そうかもしれない。たとえばね、私と同じ年代の人間だとか。下の階の日本特殊工法新聞社さん、工事関係の業界紙の、そこの支部長さんも襲われたんだそうだ」ツガワは、へえ、とうなずきながら、自分とナガトのように、同じビルの中に入っている別の会社の人間と部長が話したりするということに驚いていた。「その支部長さんが言うには、他の会社の同じぐらいの年代の人も襲われたんだって、ああと、それは上のフロアの薬の卸の会社、アースドラッグさんの、その人も部長さんだったかな」

ツガワの頭の中には、咄嗟にナガトの有能さを自慢するZ部長のことが浮かび、息を呑んだ。我々のような長年真面目に働いてきたような者が標的になるなんて嘆かわしいことだね、と言いつつ首を振る部長の姿をぼんやりと眺めながら、とりあえずマウスをぐるぐると動かして仕事をしているふりをした。

先日入水《じゅすい》し損ねて以来、ツガワの中では、以前にも増して焦燥感が這いずり回っているようだった。一応仕事場へは足が向くし、しなければいけないことをこなす程度の意識はあるのだが、少しでも気を抜くとぼんやりしてしまい、家に帰っても仕事先のことばかり考えていて、気が休まることがなかった。特に眠る前がひどかった。今までのこと、それをしのいでこれからへの不安が頭をもたげ、電気毛布の中にいるというのに体の震えが止まらなかった。

V係長の牽制の在り方も変化してきた。ツガワへの態度は比較的穏便なものだったが、その口からは、やめるな、と言われるよりもへこたれる言葉が飛び出してきていた。

やる気がないんならやめてもいいわよ。

ツガワより数センチ背の大きいV係長は、ヒールを上乗せした高みからツガワを見下ろしてそう言うのだった。

でもあんたなんか、よそじゃ絶対やってけないでしょうね。絶対。

それはまるで呪詛《じゅそ》だった。帰途の電車の中で吊り革を持ちながら、夕食をとりながら、テレビを見ながら、頭を洗いながら、歯を磨きながら、布団を頭の上まで引き上げながら、その言葉は容赦なくツガワを痛めつけた。そして、ここから脱出したいという願望を腐らせ、そもそも適応できない自分が悪いのかもしれない、V係長の言うことはすべて社会人として正しくて、彼女の思うとおりに動くことができない自分が無能なのかもしれない、現にP先輩はV係長とうまくやっているというのに、というような考えへとツガワを引きずり込み、また時間通りの起床へと、通勤の途へと追い立てた。

脱落の先にはもっと大きな脱落が待っている。ツガワの頭の後ろには、常にそんな考えがのしかかり続けていた。もし何かの僥倖《ぎようこう》があって今の仕事をやめることができても、ツガワはすぐに再就職するつもりだった。生活のためである以上に、今の職場でのことを挽回して、自分がちゃんと働けるということを自分に対して証明したいと思っていた。しかしV係長の言葉には、ツガワのそういった考えの先を行き、その道筋に戸を立てて引き返させようとする力があった。いったいいつから自分はV係長にそんな力を与えてしまったのか、ツガワは思い出そうとするのだが、うまく頭が働かなかった。それと裏腹に、V係長への怒りは突発的にツガワを襲った。

だってあたし月の半分帰るの十時過ぎるから貯金すごいよ。土日なんてしんどくてうちから出られないし。

昼休みに、そう大声でV係長が喋っているのを聞いたことがある。ひどく自慢げな響きがあり、どれだけしんどくても土曜日はうちを出ることにしているツガワは、異常なほどそれを不快に感じた。

あんたみたいな人間には、一緒に出歩く友達なんかいないからな。

仕事が介在しない事象への反発だからとはいえ、そこまで痛烈に自分の中でV係長を否定する気持ちが湧き上がるのはとても不思議な感じがした。以前、ナガトも同じようなことを言っていたにしても、V係長が休みの日は外出しない理由とナガトのそれとは違うような気がした。

仕事は、二月からまた大きなものが来るとのことで、毎月の業務のほかにもその下準備に余念がなかった。その合間の楽しみとして、ツガワはよりトガノタワーの監視に傾くようになっていった。だいたい、休憩所の窓から見渡せる限りのフロアにどんな人間がいて、どのようなことをしているかについてはわかるようになってきていた。どこかのフロアで性交でもしていやしないかと尾籠《びろう》な興味に駆られて目を細めることもあったが、そんな現場を目撃することなどもちろんなく、基本的にはどの人も真面目に仕事に追われているように見えた。ときどきは終業後に休憩所に行き、タワーを覗き込むこともあった。どれだけ遅い時間であっても、どこかのフロアの電気は煌々《こうこう》としており、窓の向こうで頭を抱えたりモニタに向かったり同僚と談笑したりする人の姿が見えた。向かいのビルで働く人々を眺めながら、ツガワは自分でも不思議なほど彼らに共感していることに気付いていた。遠くの害のない人々のことだからこそそのように思うのだとも考えたけれども、自動販売機で買ったココアを飲みながら、まるでテレビの画面を眺めるかのように彼らを見ている時の、不思議な安堵感についての説明はつかなかった。

トガノタワーを覗きながら、自分がよそでやっていけるわけがないというV係長の言葉は真実なのだろうか、とツガワはよく考えた。自分がここから、壁や空気や窓に隔てられたこちらから見守っている人々は、いざ自分と関わるとなると眉をひそめて使えないと思うのだろうか。

答えはそのときどきによって変わった。資料を見ながらモニタに向かい、やたらと肩を回したり目を押さえたりしながら仕事をしている人を見ると、自分なら手伝える、と思ったし、携帯電話を耳に当てながら窓ガラスを額で叩いている人を見ると、自分ならこの人を苛立たせてしまうかもしれない、と思った。

他社のことに想像を働かせるのは、おおむね興味深い行為だった。中でもツガワは、自分が最終面接で不合格になった雇用環境促進公団について考えることに時間を割いた。それは、恨みというよりは羨望が勝る感情で、とにかく自分が次にどこかの面接で、転勤は可能か？　と訊かれたら、身を乗り出して、できます！　と言うようにしようという教訓をツガワに与えた。その、自分を今の状況から救い出してくれそうな団体名も、何か魅力的ではあった。ツガワは、何度となく就職活動のときの資料を引っ張り出してきて、雇用環境促進公団に電話をかけようと思ったが、インターネットで調べてみると、公団の相談回線は、確かに話をさせるにはさせるが、とりあえず耐えろ、自分にも悪いところがなかったか考えろ、と最終的にはその一点張りであることで有名だった。

そんなふうに答えろと躾《しつ》けられている社員自身の気持ちはどうなのだろう、とツガワは時々考えるのだった。ナガトからときどき聞く団体の職場の外見や、自分が就職活動に行ったさいに提示された初任給の額や、まことしやかに語られる天下りの概要などからは、自分の働いている職場より厳しいところであるというようにはどうにも思えなかった。

中途採用はしていないのだろうか、とツガワは、日常的に覗いている印刷室らしき小部屋の様子を眺めながらよく思っていた。とにかく、いつかやめることができたら、自分は真っ先にこの団体を受けよう、とぼんやり思いながら、そのいつかというのがいつ来るのか、というところに考えが及ぶと、自然と深くうなだれ、鼻の奥が痛み出すような感覚にさいなまれた。

雇用環境促進公団の印刷室での不穏な出来事は、部長が通り魔に襲われてから間もなくして起こった。残業中の休憩のあいだに観察しに行くのが日課になっていたのだが、ときどきはすでに電気が消されていて、つまらない思いをすることも多かった。その日の公団の印刷室は、電気がついているのと消されているのとの中間の状態、つまり、部屋の使っている部分のみに照明があたっていた。いつも印刷室で働いている背の高い彼女が、スーツ姿の男に追い立てられるように部屋に入ってきたのは、数分観察してみても何の動きもないことに飽きてその場を離れようとした瞬間だった。肩越しに一目見て、妙な感じだ、とツガワは関心を惹きつけられた。彼女と同じぐらいの背丈の男は、彼女を壁際に立たせ、少しかがんだような姿勢で、何やらからかうように彼女の顔を覗き込んだり、力の入らない手振りをしながら一方的に話をしたりしているようだった。男は、自分や彼女よりは少し年上といった態で、まだ三十歳には満たないように見えた。彼女はずっとうつむいていた。痴話喧嘩かなにかだろうか、と考えもしたが、その二人のあいだに親しげな様子はまったくと言っていいほどなかった。あるのはよそよそしい緊張感だけで、男の妙になれなれしい仕草と、そうかと思うとすぐにそれを裏返すような鋭い動作が目に付いた。男が一方的に喋っているようだったが、しばらくすると、彼女が顔を上げて何か反論するような様子を見せた。

その時だった。それまで首を曲げて、彼女の言葉をいなすようにうなずいていた男が、近くの作業台にあった重そうなファイルを手にとって、彼女の顔を殴りつけた。

ツガワは目を見開いた。背中と手のひらが汗ばみ、口の中はからからに乾いていた。

男はもう一度反対方向からファイルで彼女の頰をはたき、作業台の上の書類をすべて床の上に落とし、彼女を殴ったファイルを開けて金具を彼女に投げつけ、中身を振りながらばらまいて最後に頭の上に振りかぶって、床に叩きつけるように放った。彼女が殴りつけられたこと以上に、その様子が驚きだった。よくそこまで他人の仕事の足を引っ張れるものだ、とツガワは妙に冷静に思った。

部屋から出て行く瞬間、男は正気に戻ったのか、以前の鷹揚な態度で彼女を指差し、そして床を指差し、ドアの向こうに消えていった。彼女は、しばらく壁際でうつむいていたが、やがてしゃがんで窓の下の見えない空間へと消えた。男が散らかしたものを片付けているものと思われた。

ツガワは、何か恐ろしく失礼なことをしてしまったような気分になり、のろのろと窓から離れ、頭を抱えながら廊下に出た。奥の喫煙スペースでは、P先輩が携帯電話をいじりながら煙草を吸っていた。ぼんやりとそれを眺めていると、それに気付いたのかP先輩も顔を上げて、妙な目つきでツガワを見返してきた。

「向かいのビルで人が殴られてました」どうして自分が見たことをP先輩に報告しているのかはよくわからなかった。「あんなふうに人が殴られているのを見たのは、高校の時に斜め前の席の男子が内職をしてて現社の先生に椅子から引き摺り下ろされて足蹴にされているのを見た時以来です。そういやあの先生はお咎めなしだったと思う。自分もよく違う科目の宿題を授業中にしてたりしたから怖かったもんです。大人になっても稀にああいうことってあるんですね。わたしはそんなふうには思ってなかった。みんなもっとちゃんとしてると思ってました。おかしなことや自分の納得できないことがあると、それを冷静に指摘して対処するものだと思っていました。そうでもないことは世の中にいくらでもあるんですね」

P先輩の、ツガワの前だけでの表情を拭い去った顔つきは、ここでもいっさい動くことはなかった。ただ両手の動作を止め、ほんの少しだけ片目を細めただけだった。ツガワは、肩をすくめて踵を返し、エレベーターのドアに額をくっつけて、体の内側に籠った不快な熱を冷ました。

雇用環境促進公団の印刷室での出来事を目撃してから数週間が過ぎたが、ツガワの頭の中から自分の見たものが薄れることはなかった。入水に失敗した自己嫌悪などは弱まり、仕事はそれなりにこなしていたが、ふと気がつくと殴られていた彼女のことばかり考えるようになっていた。

自分がそこで働きたいと考えていた団体で、あんなことが行なわれていたというのは、大きな衝撃だった。結局、どこへ行っても槍玉に挙げられる人間はいて、組織というものがその構造から脱することはないのだ、とツガワは大きな無力感に見舞われながら、日々の仕事に耐えていた。今月の営業報告誌の仕事はつつがなく終わったが、V係長の監視は微に入り細をうがったもので、ツガワのこめかみから冷や汗がひくことはなかった。

そうこうするうちに賞与の日が来て、それなりの額の振込みを確認しながら、ツガワはますます憂鬱になっていった。他の企業に就職した友人などは、そんなもん出ないようち、そんなにもらえるなんてすごいじゃんツガワの会社、と羨ましそうにするのだが、ツガワ自身はなにか、賃金というよりはもっと複雑な意図の入り混じった金であるように感じていた。

そうして忙しさと無気力にかまけているうちに、ヨーグルトの菌が死んだ。世話をせずにほったらかしていると、いつの間にか腐ってしまっていた。ツガワは、ヨーグルトの瓶に鼻を突っ込んで吐き気をこらえながらも、何か申し訳ないことをしてしまったような気がして、なかなか捨てることができなかった。

ヨーグルトのほかにも悲報があった。ナガトの上司のZ部長が倒れたという話をきいたのは、年内最後の出勤日のことだった。詳しい病名はわからないが、とにかく急を要するとのことなので、緊急入院したZ部長配下の部員達は皆、一つ上の立場の代行として昇進することが決まった。ナガトも、地区主任から課長代行ということになり、この先月給も上がる、と会議で告げられたのだそうだ。

Z部長がまた戻ってくるか来ないかは、今のところはまったくわからない。

本社からやってきた役員は、深刻な顔でそう言っていたのだという。その年の終業日の退社後、ナガトは初めてツガワを飲みに誘った。その日は両方ともの会社が大掃除だったので、夕方の四時には退社できた。ビルの一階のエレベーターホールで待ち合わせて、ビルの近くにあるチェーンの安い居酒屋へと向かった。あてがわれたカウンターで焼き豆腐をつつきながら、ナガトは見たこともないような複雑な面持ちでツガワにZ部長の急病に伴う社内の変動についての詳細を告げた。月給は二万上がるとのことだった。すごいじゃないっすか、とツガワが言うと、ナガトは目を細めて何か弱々しく笑った。

まだ陽が落ちきってないのにもかまわず酒量は増し、ナガトはカウンターに伏せたまま動かなくなるというところまでいった。ツガワはその隣で黙ってゴーヤーのおひたしをつまみながら、自分の職場でZ部長のようなことになりそうな人はいるだろうかと考えていた。

「すごく憎いときがあった」

ふいにそう、ナガトが呟くのがきこえた。ナガトは、カウンターにべったりと寝かせて組んだ両手の上に顎を乗せて、目をつむっていた。

「ときどき、死ねばいいのにと思ってた。わたしにばっかり仕事押し付けて。言いやすいからって」

ナガトの言葉のあまりに切実な響きは、ツガワの胸を塞いだ。それからは、ツガワも結局酔っ払ってしまい、反対に酔いがさめてきたナガトに心配されるはめになった。トイレに立ち、少し吐いて口をゆすぎ、時間を確かめるとまだ早く、いったい何してるんだろ、とツガワは二階へ続く階段に座り込んで頭を抱えた。

ナガトはああ言うけれども、Z部長はおおむね良さそうな人物だった。事実、理不尽な理由で怒られたことはない、とナガトは言っていた。新卒の後輩が取引先で失敗した時も、人に謝るということに慣れていない彼に代わり率先して何度も頭を下げに行き、契約を切られそうになるのを何とかとりなしたのだという。その後輩は、賞与をもらった次の日に辞表を出したとナガトは言っていた。

このファンタジーには、理不尽がまかり通っている。

ツガワは膝の上で頬杖をついて、ゆっくりとまばたきし、やがて目を閉じた。瞼の裏に、ナガトのことを自慢していたZ部長の顔が浮かび、通り魔から免れたとはしゃいでいた自分の職場の部長の様子が浮かび、V係長の鋭い肩口のシルエットが浮かび、また吐き気をもよおし、最後に、窓の向こうでゆっくりとかがんでいった雇用環境促進公団の印刷室の彼女のことが浮かんだ。

ツガワは、ポケットから携帯電話を取り出して開き、しばらくその画面の光で自分を照らした。いつか相談のために電話をかけようと登録していた団体の番号を呼び出し、おもむろに通話ボタンを押した。おそらくは、自動音声が今は時間外だからまた後でと応答するだろうと思いながら、耳から少し離してコール音を聞いていた。

はい、雇用環境促進公団ですけれども。

中年の男の声が、電波を通してツガワの耳に届けられた。ツガワは目を見開き、息を吸って天井を見上げ、やがて自分の見たことを話し始めた。

年が明けたが、もちろん状況は何も変わらなかった。毎月の仕事はそれなりにうまくやれるようになっていったが、仕事のあらはいくらでも見つけられるようで、取引先に出稿するための封筒を作るのが遅かった、下請けのパートと電話で談笑していた、自分が話しかけようとしているのに即座に立ち上がらなかった、などとV係長はツガワを叱り飛ばした。あんたすみませんって言えばすむと思ってるのっ？と問い詰められ、けれど、すみません、と答えるしかないというやりとりを何度も繰り返し、なら辞めろと言われ、やはりすみません、としか言いようがなく、辞めてもお前になど行き場はないと断言された。辞めろと怒鳴られる事にはだんだん慣れてきたが、辞めてもどうしようもないと妙に冷静に決めつけられることを、ツガワは未だに畏れていた。持ち歩いている辞表はバッグの底でひしゃげ、封筒は振動で周りのものにぶつかって付着した手垢のようなものでところどころ黒く汚れていた。

ときどき思い出すのは、善処します、と言っていた公団の男の声だった。我ながら、酔っていたくせにそれなりにちゃんと話せたとツガワは密かに自負していたが、それは単なる自己評価で、普通はいたずら電話だと思うよなあ、とも考えていた。だからといって、自分の告げ口が何の効果もなかったと思うのもいやだったので、休憩所へはあまり行かなくなっていた。一度だけ出来心で覗きにいったが、印刷室には誰もいないようだった。

　仕事中にふと、どうしてもどうなったか確かめにいきたくなり、飲み物を買いに出たついでに、トガノタワーへ行くことにした。よもやコンビニの袋をぶら下げ、室内用に履いている高校の時の体育館シューズのまま、タワーに入る日が来るなどと考えたことはなかった。ガラス張りのエレベーターを待ちながら、一緒に待っている人や通り過ぎる人々を仔細に眺め回したが、どう見ても自分がいちばんよれよれの格好をしていた。伸びてきた前髪はねじって目玉クリップで留めていた。黒光りするエレベーターのパネルにその様子が映りこみ、ツガワは急いでクリップをはずして髪を整えた。

　雇用環境促進公団のオフィスは、以前の建物に入っていた時とほとんど同じような印象の、ほとんどパーティション等を立てずにワンフロアを広々と使ったレイアウトで、ごちゃごちゃとそのへんを書類で散らかしている様子もなく、こぎれいな感じがした。自動ドアを抜けて、ぼんやりとフロアを見回しながら、さしたる意図もなく男女の比率を計算し、四対六、と答えを出した。受付嬢と思しき、前面に出たカウンターで電話をとっていた女性は、訝しげに棒立ちのツガワを見遣りながら、うちでは個別カウンセリングなども行なってますんで、お気軽にお訪ねください、と答えていた。ツガワは、フロアの隅に置かれているカラーレーザープリンタが、テレビで宣伝していた最新機種であることを確認し、自社の動きの遅いそれのことを思い出して溜め息をついた。その横のキャビネットに積まれていたコピー用紙も、ツガワの職場で使っているものよりは二段ほどグレードの高いいいものを使っていた。

紙詰まりとかないんだろうな、とダッフルコートのポケットに手を突っ込んでフロアを観察しつつ、つれづれにいろいろ考えていると、あの、とさっきまで電話に出ていた受付嬢が立ち上がってツガワを呼んだ。自分で勝手にやってきたくせに、びっくりして目を丸くしているだけのツガワに、受付嬢は言葉を継いだ。

「あの、何か御用ですか？　ご相談でもおありですか？」

ツガワは、ああ、と半分だけうなずいて、フロアを見渡し、印刷室で働いている彼女がそこにはいないことを確認した。

「ええと、御社の、違う、貴団体の、印刷室で働いている方はいらっしゃいますか？」

あまりにも曖昧な問い合わせに、受付嬢は首を傾げ、はい、とだけ返事をした。ツガワは、背中に汗をかきながら、あの、あの、と口ごもって次の言葉を考えた。

「あの、わたし、近くのビルで働いている者なんですけれども」うそをつくつもりだったのに八割方正直に言ってしまった、とツガワは自分の頭を叩きたかったが、とりあえずあともう少し何か言えばいいと自分を励ましながら続けた。「そ、この休憩所から、わたしはあんまり行かないんですけど、御社、違う、貴団体の入っているこのトガノタワーが見えるんです、そんで先週、偶然、ほんとに偶然、貴団体の印刷室が見えまして、そ、こで働いていらっしゃる方に見覚えがあって、どうもこれは小学校の時に一緒だった人なんだけど、名前が、名前がどうも思い出せないなー、でも仲良かったんだよなー、って、ずーっと、考えてて、考えててついつい来てしまいました」

ツガワは、なるたけ嘘くさくなく、突っ込まれても大丈夫なように変に細部にはこだわらない作り話をしよう、と心がけたつもりだったが、口をついて出てきたのは、ただの挙動不審者と大差ない言動でしかなかった。それでも少しでもあやしまれないように、今ではもう遅いと思いながらも、コートを手で払ってよれを直し、前髪を耳にかけたりして身なりを整えた。

「印刷室で働いてる人？」

受付嬢が訊き返してきたので、ツガワは心持ちカウンターに身を乗り出すようにして首を縦に振り、このぐらいの髪の、と耳の下あたりに手の側面を押し付けた。受付嬢は、ああ、ああ、とうなずいて、隣で書類をいじくっていたもう少し若く見える女子に声をかけ、アサオカ……選手呼んできて、と囁いた。声をかけられたほうは、ぶっと吹き出し、わかりました、と笑いながら立ち上がった。

そちらにかけてお待ちください、と言われたので、ツガワは待合用と思しき長椅子に腰掛けて、シューズの紐を結びなおしたり、コートのポケットに溜まっていたレシートを出して眺めたりしながらそわそわと待った。

やがて、受付嬢から呼び出しを言いつけられたもう一人の受付嬢が、背の高い彼女を伴ってフロアを横切ってカウンターの外にやってきた。確かに、職場のあるビルの休憩所から見ていた人と同じ人物だった。ツガワは立ち上がって頭を下げながら、しかし何か言葉にしがたい違和を感じていた。

ツガワは、印刷室で働いている人物の手の辺りを眺めて、それが自分のものよりはかなり大きく、格好良く骨張っていることに感心しながら、ゆっくりと視線を上げて口を開いた。

「電話をかけた者です」

これで通じなければ、べつに挙動不審者でもいいと思った。大事なことは、彼女の存在を確かめに来ることで、自分がはたしたかもしれない行為について言及しにくることではなかった。

彼女は、ああ、ああ、と顔をほころばせ、何度もうなずいた。彼女を連れてきたもう一人の受付嬢だけが、不審そうに二人を見比べていた。ツガワは、電話は年末にかけたんですけど、とどうでもいいことを言いながら、しばらく視界に目を泳がせ、ゆっくりと焦点を彼女の上半身に合わせた。彼女は、一五八センチのツガワより頭一つ分は身長が高かった。お忙しい時にすみません、と言う声は、低く落ち着いていた。

脳みそが頭蓋骨の中で質量を上げながらゆっくりと溶けていくような感覚に、ツガワは包まれていった。あまりに不思議なことがあると眠くなる時がある。頭の働きが麻痺してしまうのだ。今まさにツガワはその状況にあった。

印刷室の「彼女」は美人だし、とても丁寧に話をして、突然ふらりとやってきたツガワにも笑顔を絶やさなかった。感じのいい人でよかった、と「彼女」の喉の膨らみを見つめながらツガワは思った。自分の手を見下ろし、指に生えている体毛の濃さを目の前の大きな手と比べた。忙しくてそこまで手が回らなかったのだろう。女の自分だって無駄毛の処理にかけては人のことは言えないではないか。

とにかく。

感じのいい男の子でよかった、とツガワは眉を寄せて口の端を上げ、泣きそうな顔で笑い返した。すべての疑問は胸の奥にしまおうと決めた。

あの人はあまり好かれてはいなかった、とアサオカは言っていた。目下の者には威圧的で、贔屓《ひいき》をして、上の人にはへこへこして、そのくせ裏では悪口ばっかりで。端的に言うと、自分の職場のあの人もそうなのだろう、とツガワは思った。アサオカの職場のあの人は、年始早々理事達に呼び出され、暴力はいけないね、と諭され、巡りに巡った噂から向けられる白い目に耐え切れず、もう職場に来られなくなったのだそうだ。近々に辞職するだろう、とのことだった。

少しの間だけ、タワーの中のカフェで話をした。自分はなんだか腰が低すぎて付け入られていた、もっとしっかりしていればよかった、とアサオカは後悔していた。でも不安だもんね、とりあえず頭下げちゃうよね、とツガワが呟くと、アサオカは、そうですね、と目を伏せて笑った。アサオカは、ツガワが欲しかったキャンペーンのエコバッグを持っていた。黄緑色のほうだった。ツガワがそれに激しく反応すると、差し上げましょうか？　と言ってくれたが、ツガワは丁重に辞退した。

今日はもう少ししたら仕事が来るんで、それに勤務時間中だし、だからもう行かないといけないんですけど、またよかったらお昼とか一緒に食べませんか？

アサオカはそう言った。ツガワは少し考えて、首を振った。

ちょっと行けないかもしれないです。今の会社やめるから。

ツガワの言葉に、そうですか、とアサオカは残念そうに首を傾げた。

トガノタワーからの帰路ではずっと、階段を降りきって足踏みをしてしまった時のような気分だった。空回りと言うほどはむなしくなく、しかしじんわりとしたばつの悪さがツガワを包み込んでいた。アサオカが暴力に間合いを詰められてしまったことは、自分と同じように、不安があるのを見透かされただとか、腰が低すぎるというだけではおそらくなく、それ以上の根深いが何の故もない差別意識からのものでもあるのだろうと推測し、そのことにツガワは胸を痛めた。わたしは、きみのことを自分と同類だと思って、それがいたたまれなくて電話をかけた。でもそれは違うと思う。きみにたぶん落ち度はない。少なくともわたしほどは。

それにしても、どうしてさっきはっきりと今の会社を辞めるといったのだろうと考えた。そして今、その決定は揺るがないものとして自分の中にあり、膨張してゆくその気持ちにつられるようにツガワは堂々としていた。理由はわからないままに。冬の真昼の外気は冷たく、ツガワの防備のゆるい足元に忍び込んでそれを冷やしたが、その歩幅は大きくなる一方だった。

職場に戻ると、まずロッカールームに直行し、バッグから辞表を取り出した。三つに折れ曲がった汚れた封筒の中から紙を取り出し、文言を確かめて、ツガワはそれを折りたたんでポケットにしまいこんだ。顔を上げると、壁に貼られた当番表が目に入ったので見にいくと、自分が当番だったので給湯室へ行くことにした。

やかんを火にかけ冷蔵庫にもたれて湯が沸くのを待ちながら、ツガワはふと思いついて冷蔵庫を開けた。その一段目には、所狭しと瓶に入ったヨーグルトが鎮座しており、ツガワはその中から両手に持てるだけ手にとって、コンロのまわりに並べた。やかんから噴出した蒸気が、ヨーグルトの瓶にまとわり付き、汗のように水滴を吹かせた。しばらくして、数秒と触っていられないぐらい熱くなっているのを確かめると、それを冷蔵庫に戻し、また他の瓶を取り出してコンロのまわりに並べて加熱した。瓶の中で菌が虐殺される様子を思い浮かべようとしたが、そのイメージはぼんやりとしていた。

アサオカが自分と同じ条件の下で苦汁をのまされていたのではないと知って、自分はやっと辞める気になったのだ、とツガワは思い出した。ここではないどこかは、当然ここととは違い、そこには千差万別の痛みや、そのほかのことがあるとツガワは知ったのだった。

Vが自分に信じ込ませようとしたほど、世界は狭く画一的なわけではないと思ったのだった。自分がここから離れて、その感触に手を差し伸べに行くのは自由だと思ったのだった。

すべてのヨーグルトを加熱し終わって冷蔵庫にしまい、お湯をポットに溜めたあとも、ツガワは冷蔵庫にもたれて辞表を眺めながらぐずぐずしていた。なおすようなところは特になかった。前後不覚の状態で打ち出したものであるにもかかわらず、誤字や脱字は一つもなかった。

「なにしてんのあんた」

ドアが開くと共に、聴きなれた声が耳をついて、ツガワは顔を歪めた。Vだった。

「なにさぼってんのよ、その顔はなによ」

ツガワは、辞表を封筒にしまい、親指と人差し指でつまんで、それを扇ぐように動かしながら、じっとVの顔を見た。目を見た。目のまわりが少したるんだ、意地の悪そうな目だった。

「静かにしてくださいよ」

ツガワはそう言って、また辞表をたたみ、ポケットに入れてVを押しのけて給湯室を出て行った。

その足で、外出しかかっていた部長をつかまえ、封筒を押し付けた。ほんの一瞬だけ部長が、やっぱり、という顔をしたのをツガワは見逃さなかった。よろしくご査収ください、と声を上ずらせながらツガワは言った。
部長が去ってからも、廊下に立ったままなぜか肩で息をしながら、ふと自分がナガトに言ったことのあるばかばかしい励ましを思い出した。アサオカはきれいな男の子だった。ツガワは笑い出した。この世はちょろいとさえ思った。

辞表を提出してからはもめにもめた。当然Vは、ツガワをつかまえては、あんた自分がなにをしようとしてんのかわかってんの、これから忙しくなるのに、あんたは人非人だ、難破しそうな船を見捨てるクソ女だ、と連日のようにわめきたてたが、すでに本社にまで伝わり、その処理が開始され始めたツガワの辞意の前では無力だった。Q先輩もまた、Pが泣いていた、この係への恩を仇で返す気か、あんたはひどい、と以前はほとんどツガワと話そうとはしなかったのに、ツガワを見かけるたびに悪態をついてきた。P先輩は、直接的には何も言ってこなかった。ただツガワとは事務的なこと以外は一言も話さず、伏し目がちに仕事をこなしていた。部長は、Vと同じように、ここで起こったことはほかのところでも起こるだろう、君が変わらない限りは、と脅してきた。しかしその語気や表情には、どこかツガワが絶対に辞めるという決意を撤回しないだろうという諦めが見て取れた。

退社日までの有給休暇を使って休んでいた期間も、何度となく会社に呼び出され、あの書類が見当たらないがどこへやった、せめてデスクを整理していけ、パソコンのデータをバックアップして初期化していけ、などとこまごました用を言いつけられた。ツガワはすべての呼び出しに応じて、その一つ一つを淡々とこなし、用が終わったらすぐに支度して帰っていった。一度だけ、トイレで一緒になったL先輩が、ツガワはいいな、辞められて、と何の厭味もなく声をかけてきたことに、何か胸が痛んだ。

とにかくツガワは、罵声を浴びながらどこまでも言いつけられた作業を無慈悲にこなし、そして退社の日はやってきた。

本社に書類を取りにいき、まるで出入りの業者を眺めるような目つきの同僚の視線の中でデスク周りを整理していると、自然に定時は過ぎた。ツガワは、用意していた菓子折りを総務に渡しにいき、それぞれへの挨拶もそこそこに、水の上を歩くようなおぼつかなさで職場を出た。

エレベーターのボタンを押す指先が震えていた。一階でドアが開くなり、ツガワは駆け出し、ビルの入り口辺りでまた止まって、藍色の闇に染まった空を見上げた。対面をやってくる車のヘッドライトに照らされながら、冬の大三角形を数え、外気の寒さに身震いして、マフラーをきつく巻いた。橋のたもとには、相変わらず通り魔注意の札が立てかけてあり、ツガワは携帯電話で友達にメールを打ちながらそれに近づいていってしげしげと眺めた。

携帯の画面がメール着信のアニメーションに切り替わったのでチェックすると、昼休みに出していた、やめれます、というメールへのナガトからの返信が来たようだった。

おめでとう。もう仲間外れにならなくていいよね。

ツガワは、返信を書こうとして書きあぐね、深く呼吸して携帯電話を閉じ、バッグの中へ突っ込んだ。川の臭気は相変わらずで、ツガワはマフラーの中に鼻先を沈めながら、急いで橋を渡った。

部長が襲われたという路地が交差する所に差し掛かると、今更のように緊張した。退社した今、もう投げやりになる理由は何一つなく、自分を大事にしなければと、できるだけ道の真ん中へと移動した。それでも好奇心に負け、目を細めて路地を覗き込むと、黒いパーカのフードを目深にかぶったその人物は立っていた。

噂にはきいていたが、実物は初めて見た。ツガワは、離れたところからほとんどじろじろとその人物を眺め回し、その人に似た背格好の人物を思い出して目を見開いた。

「おめでとう」

妙に透き通った声が、フードの奥から聞こえた。ツガワは眉を寄せて、耳の奥に蘇るナガトの呟きを聴いた。

すごく憎いときがあった。

ツガワは眉をひそめてその声に耳を澄ました。それは闇からきこえてきたのだった。自分はその時、それに気付くことができなかった。自分の状況に手いっぱいで、これ以上の底はないと、そのことにばかり足をすくわれていた。

今更のように、ツガワは悔やんだ。わたしは一人でしゃべってばかりだったと。彼女の言うことを、なにも聞けていなかったのだと。

ツガワは額に手をやり、そのあまりの冷たさに息をつめた。

通り魔が手をくだす間もなく、Z部長は今病院のベッドに寝ている。後先の何事もわからず。部下にどれだけ憎まれていたのかも知らず。

「孤立させちゃってごめんなさい。でもこうしないともう働けなかった。いつかやってしまおうと自分はしていると、自分に対して証明しなければ」

パーカの人物の手がゆっくり上がり、フードにかけられた。ツガワは咄嗟に、べつにいいですから、と叫んでいた。

「がんばってください、いや、がんばりすぎないようにがんばってください、わたしは脱落するけど、がんばってください。部長の分までとは言わないけど」

そしてごめんなさい。あなたはどうしたって自分よりましだと思っていた。そんなことではきっとなかったんだ。

ツガワはそれを言葉にすることはなかったが、黒いフードは、ゆっくりとうなずくように動いた。それじゃ！　と手を上げ、ツガワは歩道にのって歩き出した。それは早足になり、小走りになり、ツガワはいつの間にか息を切らしながら全力で駆け出していた。そんなことでのしかかる後悔が振り払えるとは思わなかったが、次は自分以外の誰かのこともわかることができるようにとツガワは強く願った。自分がナガトと話をするのを楽しみにしていたように、自分も誰かの気休めになることができればいいと思った。

最寄り駅を過ぎて数ブロック分走ったところで、ツガワは振り返って顔を上げた。高架の向こうのトガノタワーが、青い闇の中に影絵のように浮かび上がっていた。中で人が仕事をしているのであろう光の灯った窓は、まるでタワーが体に巻きつけてぶら下げている電球の光のようにも見えた。信号を待つ間ツガワは、手袋をはめて、その佇まいに小さく手を振った。

初出「群像」
ポトスライムの舟　二〇〇八年一一月号
十二月の窓辺　二〇〇七年一月号

津村記久子（つむら・きくこ）
1978年大阪市生まれ。大谷大学文学部国際文化学科卒業。2005年「マンイーター」で第21回太宰治賞を受賞。2008年『ミュージック・ブレス・ユー!!』で第30回野間文芸新人賞受賞。その他の著書に『君は永遠にそいつらより若い』（「マンイーター」を改題）『カソウスキの行方』『婚礼、葬礼、その他』『アレグリアとは仕事ができない』など。本作「ポトスライムの舟」で第140回芥川賞を受賞。

ポトスライムの舟《ふね》
二〇〇九年二月二日　第一刷発行

著者――津村《つむら》記《き》久《く》子《こ》

発行者――中沢義彦
発行所――株式会社講談社
東京都文京区音羽二―一二―二一
郵便番号一一二―八〇〇一
電話　出版部　〇三―五三九五―三五〇四
　　　販売部　〇三―五三九五―三六二二
　　　業務部　〇三―五三九五―三六一五

印刷所――凸版印刷株式会社
製本所――黒柳製本株式会社

定価はカバーに表示してあります。

ISBN978-4-06-215287-7